にゃん虎パニック
〜恋スル呪イ〜

Hikaru Masaki
真崎ひかる

CHARADE BUNKO

Illustration

北沢きょう

CONTENTS

《〇》

昨夜は久し振りに、亡くなった祖父の夢を見た。

一日の大半をうとうと眠って過ごしていた祖父が、突然ハッキリと目を開けて海翔《かいと》と視線を絡ませた。

『海翔。十八までは、虎に気をつけろ。うちの家系の男はな、虎……の……』

ぽつりぽつりと、『虎』と家系の因縁について語ること……十分余り。

祖父の状態にも話の内容にも驚く海翔に、言いたいことはすべて告げたとばかりに一人で語り、再び眠りに落ちた。

用事を終えて病室に戻ってきた祖母は、ベッドサイドに呆然《ぼうぜん》と立ち竦《すく》む海翔に「どうしたの？」と不思議そうに首を傾げていたけれど、祖父から聞いた『虎』についての話は言えなかった。

祖父の脳内で、健常時にはあり得ないなにかが起きていたのか。

過去に本で読んだ話や、先人から聞いたこと……その他諸々を組み合わせて、やけにリアルなフィクションを作り出していたのか。

その後祖父は、一度も意識が明瞭《めいりょう》になることなく彼岸へと旅立ってしまったので、今となっては確かめる術はない。

幼少時に亡くなった母方の家系に纏《まつ》わる話なので、父親に聞いたところで解答を得られるかどうかもわからない。

祖父が亡くなってから、二年。

記憶の片隅に追いやられていたその話を夢に見たのは、十八歳の誕生日が数か月後に迫ったことに加えて、最近……。

「またか」

やたらと、コレに縁があるような気がする。

ピタリと立ち止まった海翔は、ガラス越しに目が合ったものを睨《にら》みつけた。

「海翔？　熱い眼差しで、なに見てんだよ」

「いや……なんでもない」

隣を歩いていた友人が振り向いて、海翔の視線を辿《たど》る。

海翔は首を左右に振って流そうとしたのだが、彼は目に留まったものに興味を引かれたらしい。

「あれ、いつの間にか新バージョンに切り替わってるじゃんか。せっかくだから、やっていく？」

「いや、おれは……」

「アニマルシリーズの三弾か。ハンターとしては見逃せねーな」

「聞けよっ、智希《ともき》！」

海翔は辞退しようとしたのに、智希は強引に海翔の腕を摑んで、雑多な音楽が流れている空間へと引っ張っていく。

店頭の、通りすがりの通行人にもよく見える位置に設置されている大型のクレーンゲームには、動物園さながらに様々な動物のぬいぐるみが詰め込まれている。

設置場所的に、客寄せの役目をしているのだろう。わずかな刺激でも取り出し口へと転げ落ちそうな位置に、いくつか転がされている。

「紗弓《さゆみ》、兎《うさぎ》を持って帰ったら喜ぶかな」

財布から取り出した硬貨を投入した智希は、溺愛している小学生の妹の名前を口にすると、真剣な表情でクレーンゲームに向かう。

慣れた手つきでクレーンを操作すると、アームの左側の爪を兎のぬいぐるみの頭に押しつけてバランスを崩す。

頭の大きな兎のぬいぐるみは、見事に取り出し口へと続く穴に落下した。

「よしっ、一発で決めたぞ」

「おー、やったやった」

あの位置にあるものなら、よほどの失敗をしなければ取れるだろう。そう心の中でつぶやいておざなりな拍手で称《たた》えた海翔を、智希が振り返る。

褒め方が気に入らなかったのかと思えば、

「あと二回あるから、おまえに一回奢《おご》ってやるよ」

「いいよ、おれは……」

海翔はぬいぐるみが欲しいわけではないし、あげる相手もいない。三十センチはありそうなぬいぐるみを抱えて家路につくのも嫌だ。

「ほら、遠慮しなくていいから早くしろって。なに狙う？」

辞退しようとしたのに、またしても強引に腕を引かれて操作盤の前に立たされる。

まぁいい。もしうっかり取れてしまったら、「妹へのプレゼント」と称してこいつに押しつけよう。

そう決めて、アームを操作するスティックに指をかけた。

恐ろしく適当に動かして、なにを狙うでもなくアームを降下させ……爪の先端が山積みにされたぬいぐるみの中に埋まる。

「あー……そんな強引に突っ込んでもダメだろ～。おまえ、いつもならもっと慎重にアームを操作するのに、今日はなんでそんなやる気のない……」

ぶつぶつ言っていた智希が、途中で言葉を途切れさせる。ゆっくりと上昇したアームの爪に、長い尻尾が引っかかっていたせいだ。

「おお？　すげ……狙ったんじゃないよな？」

「……狙ってない」

尻尾だけでぶら下がった根性のあるぬいぐるみは、途中で外れることなくズルズルとガラスケースの中を移動して取り出し口に落ちた。

「はいよ、戦利品。俺は、もう一回……今度はパンダを狙うか！」

海翔の手にぬいぐるみを押しつけた智希は、気合いを入れ直して三回目のゲームに挑んでいる。

その真剣な横顔から視線を逸らした海翔は、手の中にあるふわふわした手触りのぬいぐるみを見下ろした。

丸い耳に、長い尻尾、黄色と黒の縞模様《しま》……ステレオタイプの虎柄だ。

「コイツに遭遇するの、今日は二回目だな」

ここに来る前、駅前のアイスクリームショップで買い食いしたアイスが、ポンと思い浮かんだ。

偶然にも開店一周年記念キャンペーン中だとかで、シングルアイスにスモールサイズのスクープをおまけしてくれたのだ。

ベースが黄色いバナナ味で、ビターチョコレートリボンが混ぜられた……その名も『タイガーバナナ』。

「虎……か」

握り締めたぬいぐるみを見下ろしたまま、眉根を寄せて特大のため息をつくのには、理由がある。

ここ最近の海翔は、やたらと『虎』関係に縁があるのだ。海翔自身が意図して寄せているわけではないのに、十八歳の誕生日が近づけば近づくほど、身の回りに出現する回数が増えている気がする。

「……まさかな」

ふと思い浮かんだ『もしかして』を鼻で笑って掻《か》き消したところで、両手に兎とパンダのぬいぐるみを持った智希が振り向いた。

「今日の俺、すごくね？」

満面の笑みで自画自賛する智希を、虎の両前脚を握って拍手の動作をしながら淡々と褒めてやる。

「おお、すげーぞ」

「テキトーだなぁ。もっと、やる気のある顔で褒めてくれ。ま、いっか。紗弓は大喜びで褒めてくれるだろうし」

「……コレも、紗弓ちゃんにプレゼント」

　そういう名目で、虎のぬいぐるみを智希に押しつけ……いや、譲渡しようとした海翔に、智希はすげなく首を横に振る。

「せっかくだけど、辞退する。紗弓、虎とかライオンはあんまり喜ばないんだよな。それに、両手がふさがっている」

「バッグに突っ込んでやるよ」

「おまえの戦利品なんだから、連れて帰ってやれよ。あ、紗弓からだ。ゲットしたぞって画像を送っておいたからな」

　いそいそとスマートフォンを取り出したシスコンは、脂下《やにさ》がった顔で妹からの通信に返している。

　右手に持った虎を見下ろすと、プラスチックのつぶらな瞳とバッチリ目が合った。

　……押しつけるのに失敗してしまった。

「早く帰ってきてって言われたから、帰る。あ、日曜の十一時！　南部動植物園の入場ゲート前だからな。忘れるなよ！」

　他校に通う彼女がいるというクラスメイトが、互いの友人を引き合わせようと総勢八人にもなるグループデートを計画しているのだ。

　間もなく高校三年になる、遊ぶのも今のうちだ……というのが大義名分だが、もともと要領のいい彼は楽しみを減らすことなくそれなりに勉強をこなし、受験生になってもあまり変わらないだろうと予想がつく。

智希たち友人には理由を言えないが、彼女が欲しいと一度も思ったことのない海翔にしてみれば正直言って面倒だ。けれど、おまえが抜ければ女子側が一人あぶれてしまうと言われれば断れなかった。

「ハイハイ」

嬉しそうな智希に、シスコンのくせに合コンは別腹なのか……とため息を堪えて、おざなりに答える。

「それじゃ！　日曜、晴れればいいな」

右手に持った兎を左右に振った智希は、弾む足取りで最寄りの駅に向かった。

海翔は地下鉄利用なので、ＪＲの駅を少し通り過ぎなければならない。

「これを抱えて、電車に乗るのか……景品用のビニール袋、もらえばよかった」

クレーンゲームの景品だと主張する方法を思い至っても、後の祭りだ。

虎のぬいぐるみは、バッグに突っ込もうとしても半分くらいはみ出てしまう。頭が飛び出していても、尻と長い尻尾が覗いていて……微妙な光景だ。

「どこからどう見ても、虎だよな。うー……仕方ない」

キラキラとしたつぶらな瞳と、バッチリ目が合ってしまった。駅のごみ箱に捨てていくのは、忍びない。

大事にバッグに入れて持ち歩いているように見えるよりも、雑な仕草で小脇に抱えたほうがマシか？

□□□

動物園と同じ敷地にある植物園は、家族連れの姿がないせいか閑散《かんさん》としていた。

イングリッシュガーデンや日本庭園といったテーマ別に分けられた植物園はじっくり散策するのに適しているけれど、小動物のふれあいスペースなどのある動物園側と比べれば、子供受けしないだろうとは思う。

すれ違うのも年配のグループやお年寄りの夫婦が多くて、賑《にぎ》やかな海翔たち高校生グループは若干浮いた存在だ。

正直言って、つまらない。初対面の女の子とのグループデートより、家でゲームでもしていたほうが楽しい。

ただ、こんなふうに植物園を歩く機会などまずないから、無駄な時間を過ごしているとまでは言えないか……。

木陰を作る大きな樹の名前を確かめようと、順路の途中で立ち止まってプレートを覗く。

「メタセコイアって、小学校の校庭にもあったっけ」

名前まで意識していなかったので、初めて正式名称を知ったかもしれない。

そう思いながら顔を上げると、自分を除くグループはきちっと区画整理されている小道を曲がるところだった。

話しかけた海翔の反応が鈍《にぶ》いせいか、強制的にペアを組まされそうになっていた女の子は友人と話しながら歩いているので、海翔が集団から遅れていることに気がついていないようだ。

「面倒だな」

わざわざ走って追いかける気にはなれないが、このまま黙って姿を消すのはよくないとわかっている。

仕方なく早足で歩き出そうとした……直後、頭上からなにかが落ちてきた。

「ぅぎゃ！」

「ミャオ！」

海翔の悲鳴に、もう一つ……奇妙な悲鳴が重なり、衝撃と共に視界が暗くなる。慌《あわ》てて手を頭上に持っていくと、毛だらけのあたたかいものが触れた。

「なんだっ？」

焦《あせ》って、正体不明の毛の塊《かたまり》を払い除ける。頭上に乗っかっていた『なにか』が、ボトリと海翔の目の前に落ちた。

背中を丸め、尻尾の毛をぼわぼわに膨らませてこちらを睨みつけているモノは……。

「ね、猫？」

赤茶色と白毛の混じった、茶トラ猫……にしか、見えない。

さすが猫。身のこなしは軽く、海翔の頭上から振り落としても怪我などはしていないようだが、睨んでくる目の圧に負けた。

「わ、悪かった……な？」

約三十センチの距離で、しばらく海翔と睨み合っていたトラ猫は、「にゃぁあん」と一声だけ鳴いてくるりと方向転換をした。長いトラ模様の尻尾を軽く左右に振り、小道を横切って樹の陰に姿を消す。

「……捨て台詞《ぜりふ》かよ」

まるで、落下地点にいた海翔が悪かったような態度だ。しかし今、どこからどうして落ちてきた？

そろりと近くの樹を見上げたその時に、今度は大柄な男が落ち……いや、器用に樹の幹を滑り下りてきた。

ダークグレーのツナギに、腰にはハサミやら小型のノコギリらしきものやらを収めた小型の収納バッグを巻きつけている。頭には、同じダークグレーのキャップが。

その格好から推測するに、園内の植物の手入れをしている業者だろう。

「今、猫が落ちなかったか？　無事か？」

低い声で尋ねてきた男は、鍔《つば》のついたキャップを目深《まぶか》に被っているので顔はよくわからない。

ただ、百六十二センチしかない海翔より二十数センチは高い位置に頭があり……なんとなく腹が立つ。

長身というだけでなく、腕の長さや肩幅、胸元の厚みも、自分とは比較にならないレベルで『大人の男』だ。

「猫は、ピンピンしてたよ。おれを睨みつけて捨て台詞を吐いて、歩いていった」

ついさっき、睨めっこしていたトラ猫を思い浮かべて答える。歩いていったほうを指差しながらそう言った海翔に、男はホッとした様子で息をついた。

「無事ならいい。枝のところで日向ぼっこをしていたらしいんだが、気がつかなくてすぐ近くで剪定《せんてい》ばさみを動かしたせいで、驚かせたみたいだ。慌てて方向を変えようとした弾みで、落ちたんだ。怪我でもさせていたら、寝覚めが悪い」

「……おれの上に落ちたから、無傷だったのかもね。めちゃくちゃビックリしたっ」

自分の頭を指差して、うっかり者の猫が無事だったのは地面に落下するのを免《まぬか》れたからではないかと唇を尖《とが》らせる。

どんくさい猫が落ちる原因となったらしい男に、恨み言をぶつけるつもりではなかったけれど……。

「上に？　……血が出ている。引っ掻かれたか？」

不意に距離を詰めてきた男に、前髪を掻き分けるようにして額を指先で撫《な》でられ、くすぐったさにビクッと肩を震わせた。

顔を上げると、キャップの鍔に隠されていた男の容貌がチラリと目に映る。

すっきりとした一重の、涼し気な目元……鼻筋がスッと通っていて、五月人形のような硬質な雰囲気の、典型的な日本男児といった顔の作りだ。

不意に距離を詰められたせいで心臓がドクンと大きく脈打ち、海翔は唇を噛み締める。

十七歳、もうすぐ高校三年生になる歳にもかかわらず女顔だとからかわれる自分とは正反対の男らしさが、実に羨《うらや》ましい。プラス、妬《ねた》ましい。

「あー……そういや、必死でしがみつこうとした猫の前脚が掠《かす》めた気がする。ピリピリすると思ったら……」

男の言葉に答えながら、そろりと目を逸らした。

やけにいい顔を、なんの前触れもなく至近距離で拝んでしまったせいか、妙に動揺してしまった。

おまえの日本語は変だと笑われるだろうから友人たちには言えないが、この男のなにもかもが海翔の好み……理想そのものなのだ。それが、同性の容姿に対する表現としては一般的ではないということは、自覚している。

照れ隠しも兼ねて額に触れようとしたら、大きな手にグッと握られた。

「触らないほうがいい。雑菌が入ったらいけない」

「あ……うん」

心臓が、やはり変だ。ドキドキドキ……やけに動悸《どうき》が激しい。

海翔の手をすっぽりと包み込む大きな手を、振り払うのは失礼か……悩んでいると、呆《あっ》気《け》なく解放された。

「そうだな……これを貼っておけ」

腰に巻きつけてあるエプロンのようなバッグを探ると、絆創膏《ばんそうこう》を取り出してピリリと包装を破り、海翔の額に貼りつける。

遠慮する間もないくらい、手早かった。

「……ご親切に、どうも」

「猫を落とした責任があるからな。万が一傷が残ったら、責任を取って嫁にもらうことにしよう」

ボソッと礼を口にした海翔に、テンションの低そうな落ち着いた声で言い返してくる。

容姿だけでなく、声まで理想的だ……が、問題はその内容だ。

「は……ヨメ?」

責任を取って、嫁にもらうとか言ったたか?

冗談だろう。もしくは、海翔をからかっているのか。

「おれ、おと……」

男なのだが、チビだから女と間違っているのかと。

眉を顰《ひそ》めて男に聞き返そうとしたところで、「海翔!」と名前を呼ばれた。顔を横に向けると、小道の前方から智希が走ってくる。

「見つけたっ! なにやってんだよ、ケータイにも出ないしさ。迷子になったのかと思ったたろ」

「あ……悪い。ちょっとしたハプニングが」

海翔がいないことに気づいて、引き返してくれたようだ。電話を鳴らされたらしいが、バッグに突っ込んでいたせいか気がつかなかった。

「なんかあった?」

ハプニングと口にしたせいか、智希は表情を曇らせて海翔の脇に立つ男をチラリと見上げる。

海翔より十センチ余り背の高い智希でも、この男の前に立つとまだまだ発育途中なのだな、と思えるくらい体格が違う。

「いや、この人は関係ない。あの、どうも……」

額を指差して軽く頭を下げると、男は「ああ」と短く口にして背中を向けた。仕事の続きに戻るのだろう。

智希と二人で残された海翔は、

「えっと、猫が降ってきた」

そう、簡潔にハプニングの内容を告げる。

一切装飾のない事実なのだが、智希は眉尻を下げて怪訝そうに「寝惚《ねぼ》けてんのか？」と、返してきた。

「今日の天気予報、降水確率ゼロの晴れだろ。猫が降るかよ。……って、なんだおまえそのデコ！　カワイー絆創膏だな」

たった今気がついた、という顔で海翔の額を指差して、カワイーと笑う智希に、今度は海翔が怪訝《けげん》な表情になる。

「カワイー？」

絆創膏に対する形容に、カワイーとは珍妙な。

どういう意味だと視線に疑問を込めて、智希と目を合わせる。海翔が目に込めた疑問を正確に読み取った智希が、『カワイー』の根拠を口にする。

「いや、だってトラ柄の絆創膏だし。おまえ、そんなの貼ってたっけ？」

「……さっき、樹から降ってきた猫に引っ掻かれて……もらいものだよ」

場所が場所なだけに自分では見えないが、智希が言うのだからそこに貼られている絆創膏は『トラ柄』なのだろう。

「ま、前髪を下ろしてたら見えないだろ」

「だったらいいけど」

眉を顰めた海翔は、また虎かよ、と心の中で零《こぼ》して額に手を伸ばす。

つるつるとした手触りの絆創膏に指が触れた瞬間、頭上から落ちてきたトラ猫とやけに男前な先ほどの男の姿が思い浮かび……特大のため息をついた。

あの、ニコリともしなかったなんとなく迫力のある男前が常備しているものかと思えば、ガクリと力が抜ける。

「みんな心配してっから、行くぞ」

「ああ……ごめん」

指先で前髪をバサバサと乱して、額に貼られている絆創膏が見えないように隠す。

トラ猫、トラ柄の絆創膏……トラ、虎。

「なんか、呪われてるみたいな……」

もやもやするのは、『虎』というキーワードに心当たりがまったくない、とは言い切れないせいだ。

今は亡き祖父からその話を聞かされたのは、二年以上前のことだが……。

数日前にも頭に浮かんだ『もしかして』が、再び浮上する。

「まさかなぁ?」

足元に向かって一言つぶやくと、気を取り直して顔を上げる。小さく息をついた海翔は、数メートル前を行く智希を追って早足で小道を歩いた。

《一》

さわさわと前髪を揺らす風には、緑の葉や様々な花の匂いが入り交じっている。

「春の匂いだな」

スッと思い切り吸い込んだ直後、「はくしょん」と派手なくしゃみが出てしまった。周りに人はいなかったかと、照れ笑いを浮かべながら視線を巡らせる。

幸い、通行人はいないようだが……民家のブロック塀の上に猫が一匹座り込んでいて、海翔を見下ろしていた。

「……なんだよ」

思わず睨みつけると、猫はフンと顔を背けて壁の向こう側に姿を消す。猫に凄《すご》む男子高校生、という図も傍《はた》から見れば奇妙なものかもしれないが、相手が茶トラ柄の猫だったことで必要以上に警戒してしまった。

ここしばらく、トラ柄のアレコレにやたらと纏《まと》わりつかれているせいで、神経過敏になっているという自覚はある。

「猫なんて、あちこちにいるもんな。いちいち身構えていたら、キリがない」

肩からずり落ちそうになった通学バッグの紐《ひも》を直して、小走りで住宅街の道を進む。目的の家は、もうすぐだ。

角を曲がれば、様々な木々が生い茂る広い庭のある日本家屋が見えてくる。木製の門に瓦屋根、縁側がある平屋建て……数十年前のドラマに出てくる、『昭和の日本の家』そのものの佇《たたず》まいだ。

慣れたふうに木製の門を開けた海翔は、丁寧に手入れがされた庭に足を踏み入れた。直後、人の気配を察したのか、庭の奥から「ワンワン」という鳴き声が響いて茶色の中型犬が走ってくる。

「うわっ、飛びつくな」

後ろ脚で立ち、海翔の腹あたりに前脚をかけた犬は……先端だけ白い尻尾を、激しく左右に振っている。

海翔に逢《あ》えて嬉しいと歓迎してくれているのはわかるが、制服を土埃《つちぼこり》で汚されるのはありがたくない。

「リキ！　落ち着けって。散歩に連れていってやらないぞ」

海翔が窘《たしな》めると、仕方なさそうに地面にお座りをしてこちらを見上げてくる。そのあいだも、尻尾はリズミカルに左右に振られていて……負けた。

「あー、もう可愛《かわい》いなぁ。ちょっと待って。散歩は、ばあちゃんに声をかけてからだ」

リキの頭を撫で回した海翔は、ここからでは椿《つばき》が邪魔になって見えない縁側に向かう。

『ばあちゃん』は、天気のいい午後は、たいてい縁側に座って日向ぼっこをしているのだ。

「ばあちゃん」

海翔が声をかけると、縁側に座布団を敷いて座っていた老婦人が顔を上げて笑いかけてきた。

「あら、海ちゃんお帰りなさい。リキがすごい勢いで走っていったと思ったのよ。足音が聞こえていたのかしら」

彼女の膝には、編みかけのレース生地が載せられている。

本人は手慰めの趣味だと笑うが、繊細な模様の編み込まれたレースは海翔から見れば職人の域に達していると思う。ハンドメイドのものを扱《あつか》うセレクトショップのようなところに出せば、高価な値で取引されるはずだ。

それなのに、「趣味のものだから恥ずかしいわ」と言い、近所の人や知人に無償で贈っているらしい。

「おやつ、食べる?」

「んー……リキが待ってくれるかなぁ」

おやつは魅力的だ。

智希たち友人との買い食いを断って学校帰りにここに直行したせいで、腹は減っている。

四時間前に食した昼食など、とっくに消化した。

散歩という単語を聞かせてしまったリキが、おやつを食べ終わるまで待ってくれるだろうか……と左隣を見下ろす。

「リキはいい子だから、少しくらい待ってくれるわよ。用意してくるから、そこに座ってらっしゃい」

ふふ、と老婦人に笑いかけられたリキは、チラリと海翔を見上げて激しく振っていた尻尾の動きを止めた。

きちんと人間の言葉を理解して、自分がどうするべきなのか空気を読んでいるように見える。

「さすがに、そこまで……とは思うけど、おまえ賢いからな。急いで食べるから、ちょっとだけ待ってて」

リキの頭に手を置き、わしゃわしゃと撫でておいて縁側に座る。肩にかけていたバッグを下ろすと、青々とした葉の茂る庭を見渡した。

ここから眺める庭は、季節によって色を変える葉を茂らせる木々があり、今が見頃のバラに飛び交う蝶々《ちょうちょ》と……見飽きることがない。

造園職人として長く働いていたこの家の主人が、丹精込めて手入れしていた庭園だ。

「お待たせ、海ちゃん。お友達に、豆大福をいただいたのよ」

さほど待つことなく、老婦人がお茶の入った湯呑《ゆの》みと大福を丸盆に載せて戻ってきた。

海翔は、いそいそと丸盆を受け取って膝に乗せる。

「やった、豆大福大好き！　いただきます」

「あ、手を洗ったの？」

「……懐紙に包んで持つ」

手を洗ってくるべきだと思うけれど、目の前にある豆大福の誘惑に負けた。

リキでさえきちんとできる『マテ』ができない人間の自分は、少しばかり情けないが……。

懐紙に包んだ大きな大福に齧りつき、三口で食べ終えると、湯呑みを摑んでお茶を一気に喉に流す。

「ごちそうさまでしたっ。美味しかった！」

両手のひらを合わせて、膝に乗せてあった丸盆を縁側に置く。視線を感じて足元を見遣《みや》ると、海翔をジッと見上げているリキと視線が絡んだ。

「お待たせ。じゃ、散歩に行くか。ばあちゃん、散歩に行ってくる」

「はいはい、よろしく。気をつけて」

弾みをつけて腰かけていた縁側から立ち上がると、リキの散歩用リードが置いてある玄関へと向かう。

弾むような足取りで海翔の少し先を歩くリキは、尻尾をメトロノームのように左右に振っていて、なんとも愛らしい姿だ。

玄関扉を開くと、奥の台所から煮物の匂いが漂ってくる。

「今日の晩ご飯はなにかなぁ」

料理上手な老婦人の用意してくれる食事は、もういない海翔の実の祖母が作ってくれていたものによく似ていて……いい匂いに自然と頰を緩ませながら、リキの首輪にリードの金具を取りつけた。


「ばあちゃん、また明日！　今日の筑前煮、めちゃくちゃ美味かった」

「気をつけて帰るんだよ」

「うん。あ、おれが出たら早めに戸締りしてよ」

玄関先で老婦人に手を振り、庭を横切って門を出る。午後八時過ぎ……見上げた空には雲がなく、くっきりした月が浮かんでいた。

海翔が向かうのは、ここから徒歩十分弱の距離にある自宅マンションだ。傍からは祖母と孫に見えるだろうが、老婦人と海翔に血の繋がりはない。

「あれから、もう一年か」

海翔が、老夫婦の住む樋垣という表札のかかった日本家屋に通うようになってから、およそ一年が経つ。

三月末の、天気のいい昼下がりだった。春の陽気が心地よく、引っ越してきたばかりで馴染みのない土地を散策するべくマンションを出た。

父親と同居するのは、十数年ぶりで……互いに距離感を摑みかね、なんともぎこちない空気が漂うマンションの居心地が悪かったことも理由の一つだ。

「おれが来たせいで、たぶん……邪魔しちゃったんだろうし」

出てきたばかりのマンションを振り返って、十二階のベランダあたりを見上げる。

三歳で母親を亡くした海翔は、海外出張の多い父親が養育するのは無理だろうということで、母方の祖父母に育てられた。

郊外の古びた一軒家での暮らしは、慎ましくも穏やかで、海翔は祖父母が大好きだった。けれど、中学を卒業する直前に祖父が彼岸へと旅立ち、その一年後には仲の良かった祖母が後を追うように亡くなり……高校二年に進級する直前、唯一の身内である父親と同居することになった。

父親は相変わらず仕事で国内外を駆け回り、自宅マンションにいるのは月に十日ほどと忙しそうだったけれど、海翔はもう高校生だ。幼い子供ではないのだから、留守番くらいはできる。

「一人暮らしでもいい、っていうのは却下されたけど……父さんなりに、気を遣ってんだろうな」

遺された祖父母の家で一人暮らしをする、という案もあった。ただそれは、未成年の海翔に一人暮らしなどさせられないと父親に反対されてしまい、こうしてマンションでの同居が始まったのだ。

きっと、幼い海翔を祖父母に任せっきりにしていたという罪悪感もあったのだと思う。あとは、世間体だろうか。

「今更、親子ごっこなんかできないってわかってんだろうに」

血の繋がった親子でも、空白の十数年を埋めることは容易ではない。海翔にとって父親は、年に数回お土産を抱えてやってくるオジサン、という認識で……父親は父親で、きっと間違いなく、新たなパートナーがいる。

マンションの居間や洗面所に、明らかに一人暮らしではない痕跡《こんせき》というか、女性ものの小物や装飾品があるのが目に入ったのだ。海翔を同居させることになって片付けをしたようだが、気配は消し切れるものではない。

頻繁な出張も、そのうちのいくつかは仕事ではないと思っている。

「おれに隠さず、堂々とデートなり外泊なりすればいいのに。ガキじゃないんだし、空の上の母さんも……そろそろ再婚したって、怒らないと思うけど」

半同棲だったのか、完全な同棲だったのか……海翔が父親の恋人を追い出す形になってしまったのだったら、申し訳ない。

コンビニエンスストアや、小さな公園を覗き……目的があるわけではない散歩には、一時間もしないうちに飽きてしまった。

「このあたりは、昔からの住宅街って感じだな。道路を一本渡っただけなのに、面白い」

駅周辺の再開発地区には、複合商業施設や高層マンションが立ち並んでいるが、駅から少し慣れた国道を挟んだ地域は古き良き日本の面影が残っている。

祖父母と暮らした家と似た、懐かしい日本家屋も立ち並んでいて……ホッとする。

「ここなんか、すげー立派な庭だし。瓦屋根って、最近じゃあんまり見ない……」

立ち止まって生垣の隙間から覗いてみると、道路から眺めただけでも手入れの行き届いた庭だということがわかる。

飼い猫か、遊びに来ているだけの野良猫か……数匹の猫が庭先を駆け回っていて、なんとも平和な光景だ。

「って、おれ不審者っぽい？」

傍から見れば、不審人物ではないかとハッとして、慌てて足を引いた。その直後、生垣の隙間から大きな犬が顔を出す。

「ワン！」

「うわっ！」

低い声で一声吠えられて、不意打ちに驚いた海翔はその場に尻もちをついてしまった。

「どうしたリキ」

老人の声に続いて、ガサッと生垣が揺れる。帽子を被り、剪定用らしい大きなハサミを手にした男性が、地面に座り込んでいる海翔を見下ろした。

「あ、ちが……すみません、あんまりにも立派な庭だったから、つい覗いて」

しどろもどろに言い訳をする海翔を、老人はニコリともせず見ていて……その脇からは、茶色の犬がハッハッと舌を覗かせながらこちらの様子を窺《うかが》っている。

これでは丸きり、番犬に吠えられて腰を抜かした不審者だ。

「子供か。見かけん顔だな」

「おれ、先週引っ越してきたばかりで……散歩をしていたんですけど、じいちゃんばあちゃんの家に似ていて嬉しくて……すみません」

しょんぼりと謝ってうつむくと、生垣のあいだを無理やり通り抜けてきた犬が海翔に飛びかかってきた。

不審人物として咬《か》みつかれる、と覚悟を決めて目を閉じたけれど、なまあたたかい息に続いてペロリと鼻を舐《な》められる感触に身を竦ませた。

「っ、ちょ……、待てって。くすぐった……っ」

伸し掛かられ、逃げる間もなく顔面を舐め回されてジタバタしていると、老人の呆《あき》れたような声が頭上から落ちてくる。

「道路で遊ぶな。危ない。……庭に入れ」

「は……はいっ」

「ここからじゃなく、門からな！　リキ、坊主を案内してやれ」

犬が押し広げて乱れた生垣を直しながら、入り口はあっちだと道路の先を指差されてコクコクとうなずきを返す。

リキと呼ばれている犬に道案内してもらうことにして、座り込んでいた道路から立ち上がった。

気難しそうな第一印象だった老人は、偏屈《へんくつ》ではなく少し無口なだけで、興味津々《きょうみしんしん》な海翔に得意そうに剪定のコツを教えてくれた。

もともと物怖じしない性格に加えて、祖父母に育てられたことでお年寄りの好きな海翔が老夫婦に懐くのは、あっという間だった。その日の帰りには、「また来るね！」と笑って手を振ったほどだ。

長距離の散歩がきつくなってきたという二人に代わって飼い犬のリキを散歩に連れ出し、広い庭に集まる猫たちに餌《えさ》を与え、一人きりで簡単な夕食を取ることが多いと知った老婦人に誘われてたびたび夕食を食べさせてもらい……あれから一年と少し、心地いい空間に馴染み切っている。

大きな変化は、年が明けてすぐにそれまで元気だったお爺さんが急死したことだ。リキという心強い番犬がいるとはいえ、広い庭と大きな家に老婦人が一人では寂しいだろうし心配で、海翔はほぼ毎日ここに通っている。

実の孫ではないので、どこまでお節介を焼いてもいいのかわからなくて、いつも夜には後ろ髪を引かれながら帰宅する。

「おれが本当の孫なら、一緒に住むって言えるんだけどなぁ」

今夜も父が不在のマンションに向かって夜道を歩きながら、薄い雲に覆われて霞《かす》む月を見上げて、ため息をついた。

□　□　□

「……誰だ」

「あ、あんたこそ誰だっ？」

目の前に立ちふさがった大男に低い声で凄まれた海翔は、軽く怯《ひる》みながら同じ言葉を言い返した。

学校帰り、いつものように樋垣《ひがき》という表札の掲げられた門を開けて、庭に足を一歩踏み入れるなり正体不明の男にぶつかったのだ。

まさか、強盗……と警戒心たっぷりに身構えて、両手を握り締める。

百六十二センチで伸び悩んでいる海翔より、二十センチ以上も上背のある大男だ。体格からして戦っても勝てるわけがないとわかっているが、どうせ敵わないとあっさり逃げ出しては男が廃《すた》る。

なにより、老婦人を護らなければ……と気合いを入れて睨み上げた瞬間、足元から「わぉん！」と威勢のいい声が聞こえてきた。

見下ろすと、リキが軽快に尻尾を振って海翔を見ている。

「リキ……」

いつもと変わらない、お出迎えだ。

海翔だけでなく、すぐ傍にいる男に対しても警戒している様子は皆無で……握っていた拳《こぶし》から力が抜けた。

もともと人懐っこくて攻撃的な犬ではないけれど、さすがに不審者相手にここまで馴染んだ様子は見せないはずだ。

では、コレは……誰だ？

眉根を寄せて、足元のリキから視線を上げようとしたところで、大きな男の陰から耳に馴染んだ声が聞こえてきた。

「海ちゃん、今日は早かったのね」

男の背中から姿を現した老婦人が、いつも通りの温和な笑みを浮かべていることにホッとして、おずおずと口を開く。

「うん、いつもより午後の授業が少なくて……ばあちゃん、これ……誰？」

「これ？　指を差すな」

男の胸元を指差した人差し指を握られて、「ぎゃっ」と手を引く。

不躾《ぶしつけ》なことをしたのは海翔だし諫《いさ》められて当然だと思うが、大真面目な顔で人の指を握るこの男もどうかしている。

海翔と男のやり取りを見ていた老婦人は、「まぁ」と口元に右手を当てて笑った。

「紹介する前に仲良くなったのねぇ」

「な、仲良く……見える？」

ころころと楽しそうな笑い声を上げる老婦人には、緊張感が皆無だ。釣られて脱力した海翔は、改めてそろりと大男を見上げた。

いくつくらいだろう。確実に、海翔よりは年上……二十代後半だろうか。

すっきりと整えられた黒い髪、端整な容貌、生真面目そうな少し硬質な雰囲気は、誰かに似ている……？

見覚えがある気もするが、確証がなくてもやもやする。

それとも、以前どこかで逢ったたか？　と内心首を捻《ひね》っている海翔に、老婦人はあっさりと解答を口にした。

「うちの孫なのよ。駿一郎《しゅんいちろう》。海ちゃんより少し年上……駿一郎、いくつになったのかしら？」

「二十八。……樋垣駿一郎だ」

「あー……わかった」

既視感《きしかん》を覚えたのにも、納得だ。少し前まで毎日のように顔を合わせていた老人に、印象が被るのだ。

顔立ちにも共通点があるし、なにより全身にまとう空気がそっくりだ。引っかかりが解消して、すっきりした。

「で、これは？」

先ほどの意趣返しなのか、海翔を視線で指して「これ」呼ばわりをした男、駿一郎は……無表情だ。

整った顔をしているせいで、表情がなければ妙な迫力がある。これまで海翔の周りには

いなかったタイプで、物怖じとは無縁だと自負していた自他ともに認める人懐っこい海翔でも、わずかに怯んでしまう。

「仲原《なかはら》海翔。高校三年になったところ。もうすぐ十八歳。えーと、ばあちゃんとの関係は、どう言えばいいか……」

名乗ったはいいが、自分の立場を説明する上手い言葉が見つからない。

近所の者です、と本当のことを言えばいいだけなのかもしれない。でも、資格を持ったヘルパーやら民生委員などの関係者でもなく、ただ心地いいからという理由で老婦人が一人暮らしをしている家に出入りするのは不自然だと思われそうだ。

きっと変な顔をして視線を泳がせていた海翔に、老婦人が助け船を出してくれた。

「海ちゃんは、一年くらい前から遊びに来てくれるお友達なの。リキを散歩に連れていってくれたり、猫たちにご飯を配ってくれたり、お庭の掃除を手伝ってくれたり……お茶やご飯を一緒に食べてくれたり、お爺さんがいた時から仲良くしてくれているのよ」

お友達、という形容詞は少しばかり強引な気もするが、迷わずそう言ってくれたことは嬉しかった。

それに、お爺さんがいた時からという一言を付け加えてくれたことで、不審者感が幾分和らいだ気がする。

「ねぇ？」

「う、うん。ばあちゃんのご飯、大好き！　家の雰囲気とか、庭も、リキも……」

にっこりと笑って視線を合わせてきた老婦人に相づちを打って、こんなので納得してくれるのか？　と駿一郎の顔を窺い見る。

なにを考えているのか読めない無表情で海翔を見下ろしてきた駿一郎と、まともに視線が絡んだ。

「……お友達か。それならいい」

うなずいた駿一郎に、海翔は心の中で「納得するのかよ！」とツッコミを入れてしまう。

もし海翔が駿一郎の立場なら、言葉巧みに老婦人を騙《だま》しているのではないかと疑いそうなのだが。

変に疑われるのは嫌なのに、すんなり納得されてしまうのもすっきりしない。

我ながら、どんな態度で接してもらいたいのやら……と複雑な心境で視線を泳がせていると、駿一郎がマジマジと海翔の顔を見ていることに気がついた。

なんだろう。やはり、よく考えたら不審だと観察されている……のか？

「うわ！　な、なに？」

スッと距離を詰めてきた駿一郎に、ビクッと身構える。

大きな手が伸びてきて……。

「よく見えなかったんだ。……ああ」

なんの前触れもなく、右手で前髪を掻き上げられた。

ギョッとする海翔をよそに、駿一郎はそれでなにを納得したのか、一人でうなずいて手を引いた。

「なにが、『ああ』？」

前髪が邪魔をして海翔の目元がハッキリ見えなかったせいで、表情がきちんと捉えられなくて訝《いぶか》しがられていた？

それなら、口で言えばいいのに……無言で行動に出られると、こちらとしては心臓によろしくない。

「いや、少し気になっただけだ」

「だから、なにが……」

唇を尖らせて指先で乱された前髪を直していると、老婦人が左右の手で海翔と駿一郎の手を握った。

「せっかく海ちゃんが来たことだし、みんなでおやつにしましょう？　駿一郎も、急いで帰らなくていいのよね？　手土産にいただいた羊羹《ようかん》、切っちゃうわ。食べていって」

「ん……急ぎはしない」

ここを訪《おとず》れた駿一郎が、帰るために門まで来たところで、海翔と鉢合わせしたのかもしれない。

老婦人の誘いを断ることなく身体の向きを変えたということは、腰を据《す》えて海翔の人となりを観察するつもりなのか……端整な横顔を横目で見遣っても、胸の内はまったく読み取ることができない。

助けを求める視線をリキに向けたけれど、くるりと背中に背負った尻尾を振りながら駿一郎の後をついて歩いていくだけで、海翔の助けにはなってくれそうになかった。

《二》

夕暮れ色に染まる街を走り、『樋垣』という表札のかかった木製の門の前で立ち止まる。

海翔の先に立って走っていたリキが立ち止まり、ハッハッと舌を覗かせながら首を捻って海翔を振り向いた。

その目は、早く門を開けろと促すものだが……。

「はっ、はぁ……ちょ、っと待て」

もう少し息を整えてからだと、膝に両手をついて荒い呼吸を繰り返す。体育の時間以外に全力疾走をすることなどないので、日頃の運動不足を痛感させられる。

乱れた息を、深呼吸でなんとか落ち着かせて門を開けた。

庭を横切って玄関まで続く小道を歩き、引き戸に手をかけたところで少しだけ隙間があることに気がついた。

「ただいま、ばあちゃん。玄関、開いてたよ」

物騒だな、と眉を顰めて玄関の中に入った海翔は、リキを連れて出た時はきちんと閉めていたはずの玄関扉が開いていた理由を、そこに見て取る。

大きな靴が、玄関先に並べられていたのだ。二十五センチの海翔のものに比べれば、サイズの違いは一目瞭然《いちもくりょうぜん》だ。

「これ、何センチだろ。まさか、三十センチはないよな？」

足の主《ぬし》の体格を考えれば、三十センチの靴を履《は》いていたとしても不思議ではない。

海翔から見れば、非常識なほど大きな靴の主は樋垣駿一郎。この家に住む老婦人の孫息子だ。

祖父が亡くなり、一人になった祖母のため、同居することになった……と聞いた。もともと彼は、祖父の生業《なりわい》であった庭師を継ぐべく、祖父の古くからの知人のもとで修業をしていたらしい。

海翔も、この広い家に老婦人の一人暮らしは心配だと思っていたので、孫である駿一郎が同居してくれるのなら一安心だ。

海翔がここに通うことについて、「ばあさんの楽しみなんだし、リキのためにもいいんじゃないか」と許可してくれたことも幸いだった。

リキの首輪に取りつけてあった散歩用のリードを解いて、「後でご飯持っていくな」と庭に放す。

普段は、番犬として自由に闊歩《かっぽ》している広大な庭の一角にリキの小屋があり、そこに寝床と飲み水の容器が置かれている。

朝と夕方、二度の食事も小屋のところで食べさせているのだ。

玄関で靴を脱いだ海翔は、くんくんと鼻を鳴らして頬を緩めた。

「天ぷらかな。いい匂い」

廊下の奥にある台所から、いい匂いが漂ってくる。換気扇をかけて炊事をしている時には、玄関先から声をかけても老婦人の耳には届かないと知っているので、廊下に上がって台所を目指した。

「ばあちゃん、散歩終わったよ」

「はいはい、お疲れさま」

割烹着《かっぽうぎ》姿の老婦人に背後から声をかけると、菜箸《さいばし》を手にしたまま海翔を振り返った。

揚げ物用の鍋の隣には、綺麗《きれい》な色に揚がった天ぷらが山積みになっていて、目が釘付けになる。

「すげーいい匂い」

「駿一郎がタケノコをもらってきたから、軽く出汁《だし》を含ませて天ぷらにしたの。海ちゃんも駿一郎も、煮物より天ぷらがいいでしょう？　あとは貝柱と大葉のかき揚げに、海老と烏賊《いか》。お肉がないけど、大丈夫？」

バットに並ぶ天ぷらを解説してくれた老婦人に答えたのは、「グゥ」と低く鳴り響いた腹の音だった。

照れ笑いを浮かべた海翔は、パチパチ音を立てる天ぷら鍋からざっくりとした衣をまとった海老を拾い上げる老婦人の手元をジッと見下ろして、こくんと喉を鳴らす。

「天ぷらは嬉しいけど、ばあちゃんが作る煮物も大好きだよ。海老と烏賊があれば、肉がなくても十分」

「本当？　お味噌汁はできているし、もうすぐご飯が炊き上がるからあと少しだけ待っててね」

「うん。先に、リキに夕飯をあげてくる」

これ以上ここにいると、うっかり手を伸ばしてつまみ食いという、行儀の悪いことをしてしまいそうだ。

海翔は未練がましく凝視していた天ぷらの山から目を逸らすと、台所を出てリキのドッグフードを置いてある玄関先に戻った。

器にドッグフードを入れて、リキの小屋に運び……水を新鮮なものに入れ替える。庭に設置されている水道で手を洗い、電気が灯っている居間を見つめた。

障子越しに、居間にいる人影が見える。あの居間に入る……二人きりになる時をできる限り先延ばしにしていたが、できたて熱々の天ぷらを食べたいという誘惑に負けた。

「なにをされたってわけじゃないけど、ちょっとだけ苦手なんだよな」

ふっと小さく息をついて、玄関を入る。靴を脱いで向かうのは、先ほど庭から人影を確認した居間だ。

廊下との境にある襖《ふすま》は開け放されていて、そろりと覗き見た。

気配に敏感なのか、息を詰めてコッソリ窺ったつもりなのに、テレビを観ていた男がこちらに顔を向ける。

「……海翔？　お疲れ」

「駿一郎さんこそ……」

海翔は学校から帰ってリキの散歩をしただけだが、駿一郎は朝から働いている。お疲れさまというのは、こちらの台詞だ。

ぽつりと返した海翔に駿一郎は笑うでもなく、「いつまでそこに突っ立っている」と手招きをした。

おずおずと居間に足を踏み入れた海翔は、テーブルの長辺側にいる駿一郎とは角を挟んだ位置の畳に腰を下ろした。

駿一郎は、もう海翔に興味を失ったかのようにテレビ画面へと視線を戻している。

芸人が大笑いをしながらバカ騒ぎをしている、バラエティ番組だ。それを見ている駿一郎は……無表情なのだが。

面白くないのなら、チャンネルを変えればいいのになぁ……と思いつつ同じ画面を眺めていた海翔は、若手芸人コンビのやり取りに「ぷっ」と噴き出してしまった。

チラリと投げられた駿一郎の視線を感じ、慌てて奥歯を噛んで顔を伏せる。

わかりやすいギャグにウケる、単純バカだと思われていそうだ……というのは被害妄想だとわかっているが、駿一郎があまりにも真面目な顔をしているので自分だけ笑うのに躊《た》躇《めら》いを覚える。

「………」

どちらも黙り込んでいる静かな空間に、バラエティ番組の賑やかな音声が流れていて、気まずい。

海翔は、元来人見知りとは無縁だ。子供の頃から祖父母が身近にいたこともあり、人懐っこいと言われる性格は特に年配者や年上の人に可愛がってもらえる。

それなのに、この……駿一郎だけは、例外だった。

初対面の印象ほど怖い空気は感じないが、どう接したらいいのかわからない。不愛想で口数が少ないというところは彼の祖父と瓜二《うりふた》つなのに、どうにも壁を感じてしまう。

彼が老人なら、もっと物怖じせずに距離を詰められるかもしれない。

そう考えながら、こっそりと横顔を窺う。老人なら、などと考えてしまったことを申し訳なく感じるほど、端整な男前だ。

年齢は二十八歳。海翔とは十も離れているのだから当然かもしれないけれど、落ち着きが段違いで、きっとそれも奇妙な緊張を生む要因の一つになっている。

服装もシンプルで浮ついた空気が皆無なので、もともと生真面目なのだろう。

海翔が嫌われているのでなければ、誰を前にしてもこの態度に違いない。

もう少し愛想よくして、取っつきやすい雰囲気を漂わせていたら、きっとすごくモテるのに……もったいない。

チラチラと視線を送りながらそんなことを考えていると、海翔の視線を感じたのか駿一郎がこちらに顔を向けた。

「……なんだ？」

目が合ってしまい、しどろもどろに答える。

「えっ、いや……なにも……」

悪意のあることを考えていたわけではないが、色恋沙汰の浮ついたことなど無縁だと言わんばかりの硬質な容貌を目にすると、疚《やま》しい気分になるから不思議だった。

顔の前で手を振った海翔は、ぎこちなく視線を逸らしてテレビ画面に向ける。駿一郎の視線をまだ感じて緊張を解けずにいると、なにかを思い出したように「そうだ、海翔」と名前を呼ばれた。

「コンビニ限定の新作アイス、買ってきた。晩飯の後に食うか？」

「食うっ。……ありがと」

パッと駿一郎に顔を向けて、反射的に答える。

駿一郎がわずかに頬を緩めたのは、きっと海翔の目が、おやつの骨ガムを前にしたリキと同じようにキラキラしているせいだ。

「お待たせ。食事の前に、もう食後のデザートの話？」

海翔と駿一郎の会話は廊下まで聞こえていたのか、丸盆に三人分の箸《はし》や取り皿、薬味の盛られた小皿を載せて運んできた老婦人が、苦笑を浮かべている。

「あ、ばあちゃん……配膳、手伝う。もちろんメインは、ばあちゃんのご飯だから！　天ぷら、めちゃくちゃ楽しみにしてた」

台所に残されているだろう天ぷらの大皿や汁物の椀を運ぶべく、立ち上がって居間を出ていく。

老婦人と駿一郎が、

「海ちゃんと仲良くなったのね。よかったわ」

「仲良く……かどうかは、わからん。どうも俺は、怖がられている気が……」

そんな会話を交わしている。

廊下を数歩進んでいた海翔は、わざわざ引き返して「怖くはないけどっ」などと割って入るのも、なんとなく変かな……とガリガリ頭を掻く。

本当に、駿一郎を怖がっているわけではないのだ。

ただ、少し……二人きりでいたら緊張するだけで、彼の祖母が交じってくれれば普通に笑える。

「そのうち、慣れる……かな」

見た目ほど怖い人、ましてや悪い人ではないと思う。

きっと、あちらも海翔に歩み寄ろうとして、時おりコンビニ限定のおやつを買ってきてくれるのだろう。

駿一郎がこの家にやってきて、まだ二週間ほどだ。もう少し経てば存在に慣れて、日常の一部になるはず……と強張りそうになる頰をつまんで、ぐにぐにと引っ張ることで筋肉を解した。

「じゃあね、ばあちゃん。ご馳走さまでした！　また明日」

夕食後、デザートの豪華コンビニ限定アイスクリームまでご馳走になった海翔は、いつもより少し遅い時間に帰宅の途についた。

靴を履いて廊下を振り向くと、見送りに来てくれていた老婦人がニコニコ笑いながら手を振った。

「はいはい、気をつけてね。駿一郎、門まで海ちゃんの見送りをして」

「ああ……ついでに、戸締りをする」

老婦人の後ろにいた駿一郎が、サンダルに足を入れると、海翔に続いて玄関を出る。門に向かって歩き出した直後、自分たちの声が聞こえたせいか、庭の隅にある小屋で眠っていたはずのリキが駆け寄ってきた。

「リキ。番犬ご苦労」

「……構ってほしかっただけじゃないのか？」

頭を撫で回す海翔に、激しく尻尾を振っているリキを見下ろした駿一郎が、ぽつりとつぶやいて微苦笑を浮かべた。

あまり表情が変わらない駿一郎の笑みは、たとえ苦笑でも珍しくて……間近で目にした海翔の心臓が、奇妙に鼓動を乱す。

樋垣家の庭は広いけれど、門まではゆっくり歩いても二、三分だ。海翔と駿一郎のあいだに会話はなく、足音だけが響く。

「あ……猫。ここに遊びに来る猫って、リキにビビらないよな」

門の手前に、猫が二匹座っている。黒白とキジトラの猫は、海翔と駿一郎だけでなくリキが近づいても逃げようとしない。座ったままゆったりと尻尾を振り、こちらを窺っているだけだ。

「慣れているんだろうな。リキも、猫に威嚇しないし……仲がいいわけではないが、それなりに共存している」

「リキは、基本的に温厚だもんなぁ。あ、でも不審者には吠えていいぞ。ばあちゃんを護れよ！」

しゃがみ込んだ海翔は、リキと視線の高さを合わせて言い含める。リキはわかっているのかいないのか、尻尾を大きく左右に振って海翔の鼻を舐めた。

「舐めたな。もう……」

制服の袖口でゴシゴシと鼻を擦って、しゃがんでいた膝を伸ばす。

猫のほうに目を向けると、どこからともなく現れた黒猫と合流して生垣のあいだから外に出ていった。

「あの黒猫、初めて見た」

「新入りだな。最近、これまで見なかった猫が朝飯を食いにやってくる。さっきの黒猫もそうだし、ハチワレと……キジトラもだな」

ここの庭は、海翔だけでなく猫にとっても居心地がいいらしい。日向ぼっこをしていたり、木に登って遊んでいたりと、常に三、四匹がうろうろしている。

どこから来てどこに行くのか、微妙に猫の顔ぶれは変わっていて……駿一郎の語ったハチワレとキジトラは、海翔はまだ一度も見かけていない。

「家は、徒歩圏内だったか。遅くなったから、気をつけろよ」

「ヘーキヘーキ。女の子じゃないし。チビだからって間違って襲おうとしたら、相手のほうが悲劇だと思う」

門を出た海翔は、駿一郎の言葉に笑って返した。振り向くと、リキと並んだ駿一郎は真顔で海翔を見下ろしている。

「茶化すな。性別の問題じゃない。そういえば、親御さんは……帰宅が遅くなっても、なにも言わないのか？」

ここで夕食時に顔を合わすようになって二週間になるが、駿一郎にそうして問われたのは初めてだった。

彼の祖母には事情を話してあるので、駿一郎にまで伝わっているのかと勝手に思っていたけれど、どうやら知らなかったらしい。

それなら海翔は、駿一郎の中で『毎晩のように夕食を食べていく謎の高校生』だったに違いない。

「えっと、おれ、父親と二人暮らしなんだ。ただ、父はほとんど家にいないから……夕食を一緒に、って言ってくれるばあちゃんに甘えてる。リキとの散歩も楽しいし、この家……育ての親の祖父母の家に似ていて、居心地いいんだ。迷惑じゃないなら、これからもお邪魔したい……です」

我が家のようにくつろいでいながら、畏《かしこ》まってこんなことを言っても今更だと笑われるだろうかと思いつつ、ぽつぽつと駿一郎に語る。

チラリと見上げた駿一郎は、わずかに目を細めて海翔に答えた。

「……そうか。ばあさんも楽しそうだから、歓迎する。じいさんが亡くなってから、俺がここに来るまで……おまえがいたから、ばあさんは独りぼっちにならなかったんだろう」

門灯と電柱に取りつけられた街路灯の光が、駿一郎の顔を照らしている。

海翔の目に、自分に都合のいいフィルターがかかっているのでなければ、いつになく優しい表情だ。

大きな手が伸びてきて、ぐしゃぐしゃと髪を撫で回された。

その直後、心臓が……とてつもないスピードで鼓動を打ち始める。カーッと首から上が熱くなり、両手で頭を抱える振りをして顔を隠した。

「リキを撫でる手つきと一緒！」

「そうだったか？」

自分でも驚くほど狼狽した海翔は、両手で頭を抱えたまま駿一郎の手から逃げる。

駿一郎は海翔の動揺など知る由もなく、不思議そうに首を捻っているが……動悸は、なかなか収まらない。

これは、もう……この場から逃げるべきだ。

乱れた髪を整える振りをして駿一郎から顔を隠したまま、身体の向きを変えた。

「戸締り、よろしく。……あ、アイス美味しかった。ありがと」

小声の上に早口だったけれど、駿一郎の耳までは届いたらしい。低く、「ああ」と答えが聞こえてきた。

ただ、海翔はもう振り返ることができなくて、早足で夜道を歩き始める。

角を曲がり……駿一郎からは見えない位置まで来て、平静を装う必要がなくなった途端、走り出した。

「うわ、なんなんだ」

顔が熱い。耳の奥で、ドクドクと響く動悸は、そう……走っているせいに違いない。

不愛想で無口で、もしかして嫌われているのではないかと近寄り難さを覚えていたのに、もしかして本当に『人見知り』していただけなのだろうか。

まるで、なかなか懐かない野良猫が足元にすり寄ってきてくれたみたいだ。

走り疲れて公園の脇で足を止めた海翔は、大きく息をついて自分の想像にツッコミを入れた。

「いやいや、猫っていうにはデカいだろ。どちらかといえば、猛獣……ライオンとか黒《くろ》豹《ひょう》……虎とか？」

膝に手をついて上がった息を整えながら、「はは」と小さく笑う。

シャツのボタンを一つ外して顔を上げた瞬間、ガサッと木の葉の揺れる音が聞こえてきた。

なんだ？　と公園の隅に植えられている樹を見上げると同時に、視界が暗くなる。

「っ！」

「みゃ！」

頭上に落ちてきたものを摑んだ海翔の耳には、よく聞く動物の鳴き声が……。そして手には、あたたかい被毛の感触が。

正体を確かめるべく、顔の前に翳《かざ》す。

公園に設置されている外灯はＬＥＤを使用した明度の高いもので、夜でもハッキリ見て取ることができた。

「猫……か」

茶トラ柄の、猫……にしか見えない。

驚いたのか、だらりと四肢から力を抜いて海翔にされるがままになっている。

「猫も樹から落ちる。……あれ？　猫じゃなくて猿だったか？」

「にぎゃぁあ！」

脇の下を両手で持っている海翔が独り言をつぶやくと、我に返ったらしい猫がジタバタと暴れて身体を捻った。

「危ね……暴れんなって、いてぇ！」

取り落としそうになって焦った海翔の右手の親指に、ガブリと咬みついてきた。

不意打ちに海翔の手から力が抜けた隙を見計らい、猫は路上に飛び降りて走り去っていった。

「イテテ！　人をクッションにしただけじゃなく、咬むかっ？」

苦情をぶつけても、当のトラ猫は走り去った後だ。

しばらく呆然と立ち尽くしていたけれど、右手の親指の付け根に残された咬み痕《あと》に眉を顰める。

「痛いぞ。血が滲《にじ》んでるし……恩知らずなトラ猫め」

家に、消毒薬や絆創膏はあっただろうか。さほど深い傷ではなさそうなので、しっかり洗って放置しておいても大丈夫そうだが……。

「なんか、冷静にはなったけど」

よくわからない動悸に襲われて熱かった頬も、すっかり温度を下げている。これも、怪我の功名というやつだろうか。

頭上に落下してきた挙句、咬みついて走り去っていった茶トラ猫に複雑な気分になりながら、目前に建つ背の高いマンションを目指した。

バスタオルを腰に巻いて自室に入った海翔は、照明の下で改めて右手を観察した。

「んー……血が出ていないし、放置しておいても平気そうだな」

あの猫もパニックになっていただけで、攻撃のために思い切り咬んだわけではないのだろう。

親指の付け根には、ぽつぽつと歯形が残っていたけれど、痛みはもうほとんどない。

「そういやなんか、ちょっと前にも頭上に猫が落ちてきたことがあったなぁ」

あれは、三月の終わり頃……だったか。

友人に無理やり引っ張り込まれたグループデートで動植物園を訪れて、園内を散策していた時だった。

大きな樹の下を通りかかったところで、頭上から猫が落ちてきたのだ。

「剪定していたおにーさんが、猫をビックリさせたせいで落ちたって言ってたっけ。変な柄の絆創膏、デコに貼られたんだった」

引っ掻き傷ができていたらしい額に、トラ柄の絆創膏を貼りつけられた苦い記憶がよみがえる。

智希に笑われ、目敏《めざと》く見つけた女子たちには「カワイー」とスマホカメラで撮られまくり……動植物園を出た後カラオケを経て解散するまで、『トラ柄の絆創膏』をネタにいじられたのだ。

絆創膏を貼ってくれた造園業者らしき長身の男に、悪気はなかったと思うが……。

「悪い人じゃないんだろうけど、変な人だった」

小柄な海翔を女の子と勘違いしたのか、「傷が残ったら嫁にもらってやる」などと言い放った変人を思い出して、くくっと肩を震わせる。

智希が話しかけてきたことで、あの場では「おれは男だ」と言い返しそびれたが、そう告げていたらどんな顔をしただろうか。

こうして思い出すまで、一瞬見上げた男の顔は忘れていたのに……同じくらいの長身と体格のせいか、何故かその顔が駿一郎のものになった。

「いやいやいや、あんな変人と駿一郎さんを一緒にしたら申し訳ない」

駿一郎は、傷が残ったら嫁に……などというナンパな軽口を、間違っても言いそうにない。冗談など、寝言でも口にしなさそうだ。

「ドキドキ……するのなんか、気の迷いだ」

奇妙な動悸は心臓の誤作動だと、自分に言い聞かせる。

いくら海翔が、異性を恋愛対象にできない……としても、駿一郎のようなタイプに惹《ひ》かれるなどあり得ないことだ。

実際にこれまで海翔が胸をときめかせていた相手は、テレビに出る芸能人……アイドルと呼ばれるキラキラとした爽やかな青年ばかりだった。身近なクラスメイトや知人に恋心を抱いたこともなく、手の届かない芸能人にぼんやりと憧《あこが》れることで満足していた。

愛想よく爽やかな笑みを振りまくアイドルと、ほとんど表情が変わらず無口で不愛想な駿一郎は……。

「真逆……って感じだ」

ふっと苦笑して、窓際のベッドに寝転がる。

カーテンを半分しか引いていない窓の外、深い紺色の夜空には見事な満月が浮かんでいて、煌々《こうこう》とした光を放っていた。

「すげー……映画や漫画だと、狼男が変身するやつだ」

子供じみた空想を口にして、くくくっと笑ってしまう。

祖父母から、様々な昔話を聞かされて育ったせいだろうか。海翔はどうも、同年代の友人たちに比べて想像力というか空想力が豊かなようだ。

「智希にも、笑われたっけ」

夜に口笛を吹いたら、蛇が出る……という祖母から聞いた説を語った際、智希に「初めて聞いたぞ」と笑われたことを思い出す。

海翔を育ててくれた祖父母は、教訓を含む迷信やどこまで創作でどこから事実なのか曖《あい》昧《まい》な過去の話を、寝物語によく聞かせてくれた。

「そういや、虎……とか」

祖父が亡くなる少し前、数多くの昔話の中でも一際奇妙なことを言っていたなぁ……と記憶を探ったと同時に、キンと頭痛に襲われた。

「ッ……イテテ」

ベッドの上で頭を抱えて、身体を丸める。

これまでに体験したことのない頭痛は、瞬く間に波紋のように全身へ広がっていき、足先までジンジンと痺《しび》れるようだった。

身体のあちこちが痛い。なにがどうなっている？

きつく閉じた目を開けることもできず、身動ぎさえ苦痛なほどの頭痛は海翔を真っ暗な不安に陥《おとしい》れた。

ベッドに一人きりで寝転がったまま、誰にも助けを求めることができない。

「い、たい。ぅ……ばぁ、ちゃ……駿一」

数時間前まで一緒にいた老婦人と駿一郎が自然と頭に浮かび、グッと拳を握った。

違う。ダメだ。親しくしていても、身内ではないのだから……苦しいからといって頼って、甘えてはいけない。

でも、父親は今日も不在だ。仕事……か恋人と一緒に過ごしているはず。

「ふっ……」

変に弱気になる自分が腹立たしくて、なんとか息を吐き出して落ち着こうと試みる。

何度目かの深呼吸をしたところで、先ほどまで襲われていた全身の痛みが消えていることに気がついた。

「ニャー……？」

〈なんだったんだ？〉

つぶやいた一言が、変な……猫の声みたいに聞こえたぞ。

首を捻った海翔は、横たわっていたベッドから身体を起こして瞬きをする。きょろきょろと自室内を見回しても、ここに猫などいない。

気のせいだろうか。でも、確かに猫の声だった気がするのだが。

「うに……ミャウ？」

〈変だな……って、やっぱり猫？〉

眉を顰めて再び周囲を見回した海翔は、目に映る室内の光景がいつもと違うことに気がついた。

天井は、こんなに高かっただろうか。ベッドから床までの距離も、やけに離れているし……枕がデカい。

「ッ！」

恐る恐るベッドについた自分の手を見下ろして、声もなく硬直した。

いや、目の錯覚だ。毛むくじゃらの、動物の前脚に見えたなんて……あり得ない。しかもそれが。

「にゃにゃぉ」

〈そっか。ぬいぐるみだ！〉

少し前、智希とともにクレーンゲームで取った虎のぬいぐるみと同じ柄だった。部屋の隅に置いていたあれが、何故かたまたまベッドの上に転がっていて……偶然、それを目にしたに過ぎない。

「にゃゃぉ！　ギャァ」

〈無理がありすぎ……っつーか、窓ー！〉

光を反射する、鏡状になった窓に目を向けて……絶叫した。部屋に響いたのは、海翔の声ではなく猫の悲鳴だったが。

悲鳴を上げても仕方ないだろう。

窓には、自分のベッドに座り込むトラ模様の猫がバッチリと映っていて、真正面から目が合ったのだ。

「ふにゃ……にゃにゃ」

〈あはははは、夢だ。寝惚けてんだよな。うん。……寝よう〉

無理やり笑い飛ばして窓に映る猫から顔を背けた海翔は、ごそごそと掛け布団に潜り込んで目を閉じた。

気のせい、気のせい。

ベッドがやけに広いのも、ギュッと掴んだシーツに爪が食い込む感触がしたのも、目を擦ろうとした時に手のひらではなく肉球のようなものが見えたのも。

「にゃぁぁぉ」

〈猫の鳴き声が聞こえるのも、全部気のせい！〉

このまま眠り、朝になって目が覚めたら普段と変わらない日常が始まる。

そう自分に言い聞かせながら、ギュッと目を閉じて羊の数を数える。

一刻も早い睡魔の訪《おとず》れを待っていたのに、頭の中で柵を飛び越える羊の数が五百を超えても、眠りに落ちることはできなかった。

《三》

「まぶし……っ。朝……だ」

窓のカーテンを、半分閉め忘れたまま眠っていたようだ。顔に差す朝陽が眩《まぶ》しくて、目が覚めた。

「っ、そうだ！　猫……っ」

夜のあやふやな記憶が一気によみがえり、慌ててベッドに上半身を起こす。

自分の両手を見下ろした海翔は、いつもと同じ……どこもおかしいところのない手に、深く息をついた。

風呂上がりにパジャマを着るのを忘れていたようで、床にはバスタオルが落ちている。わずかな違いはそれだけで、あとはいつもと変わりのない朝だ。

「変な夢を見た。猫になるとか……ファンタジーかよっ」

それも、小学校低学年の女の子が好みそうな可愛らしい妄想だ。二か月もしないうちに十八歳になる、男子高校生が見る夢としては異質なものだろう。

ガックリと肩を落としたが、鳴き声や猫の前脚、窓に映ったトラ猫の全身図はやたらとリアルだったので、夢でよかったと思おう。

「アレのせいか」

部屋の隅に置いてある大きな虎のぬいぐるみを、ジロッと睨みつけた。

たまに座椅子代わりにもたれかかったり、通行の邪魔になった時に蹴ったりする……雑な扱いに対する抗議か？

「はぁ……頭痛も治ったし、まぁいいや」

眠る前に痛かった頭も、スッキリしている。

ベッドから足を下ろして衣装ケースを開けた海翔は、下着と靴下を身につけてハンガーにかけてある制服へ手を伸ばした。

今日は金曜だ。この一日をやり過ごせば、明日はゆっくり寝坊できる。

通学バッグに財布とスマートフォンが入っていることを確認すると、あくびを噛み殺して自室を出た。

朝ご飯……面倒だから、通学途中のコンビニでサンドイッチかお握りでも買おう。放任していることに対する罪滅ぼしの意味合いもあってか、小遣いはしっかり父親から与えられている。

コンビニエンスストアで買い物をして学校に到着する頃には、奇妙な夢のことなどすっかり忘れていた。

「海翔。帰りにさ、カラオケ行かねぇ？　夢《ゆめ》ちゃんが友達を連れてくるってさ」

放課後、バッグを手にして席を立った海翔の脇に、智希が駆け寄ってくる。夢ちゃんというのは、例のグループデートで見事にカップルとして成立した智希の彼女だ。

「パス。彼女とか、もういい。今年は受験生だし……なんか、余裕ない」

一度は義理でデート企画に参加したけれど、有意義とは言い難い時間だった。正直なところ面倒くさいのだが、幸い『受験』という大義名分がある。

案の定、智希は残念そうな顔をしつつ引き下がってくれた。

「そっかぁ。残念。でも彼女がいる毎日っていうのも、潤いがあっていいもんだぞ？　普通は食いつくと思うんだけどなぁ」

普通は、という一言にビクッと手を震わせた。

智希は、何気なく口にした一言だ。深い意味はないだろうから気にするなと自分に言い聞かせて、指先を握り込む。

「おれは遠慮する。彼女が欲しいって吠《ほ》えていた、加藤《かとう》あたりに声をかけてやれよ」

体育の授業の際、ストレッチで組んでいた相手から彼女との惚気《のろけ》話を聞かされて導火線に火がついたのか、グラウンドの隅で咆哮《ほうこう》していたクラスメイトを指差す。

海翔が話題をすり替えたことに気づかないらしく、智希は「あー……」と苦い笑みを浮かべて目を逸らした。

「小綺麗な、可愛いタイプがいいんだってさ。加藤じゃ、俺が怒られる」

「……オスだからな」

加藤は、柔道部のエースだ。男気があって性格のいい奴なのだが、リクエストの『小綺麗な可愛いタイプ』とはかけ離れている。

異性から見た『イケメン』と同性が評価する『イケメン』は、往々にして噛み合わないものだ。

「いい奴なのにな」

「……なぁ」

同じことを考えていたのか、目が合った智希と顔を見合わせて苦笑すると、バッグを肩にかけた。

「今後も、おれにその手の話は持ってこないでよ。リキが待ってるから、帰る」

「あー……近所の、ばあちゃんところの犬だっけ。女の子より犬か」

「そうそう。じゃあな」

適当にあしらう海翔に、もうなにを言っても無駄だと悟ったようだ。智希は「夢ちゃんに謝っとく」と嘆息して、手を振ってきた。

ホッとして智希に手を振り返すと、そそくさと教室を出た。早足で廊下を歩いて、階段を下りる。

女の子自体に興味がない、と言えれば手っ取り早いのだが……そこまで開き直ることはできない。

「受験とか、具体的に考えてないくせになぁ」

大学に進学するかどうかも決めかねているのに、言い訳に使ってしまった……という罪悪感が込み上げてきたけれど、女の子とのカラオケよりもリキとの散歩のほうが楽しいのは事実だ。

老婦人と、リキと、どこからともなく庭に集まってくる猫たちと……駿一郎。今の海翔にとっては、樋垣家で過ごす時間が一番充実しているし最優先したい。

智希には、「ばあちゃんと、犬と猫と、男だろ?」と確実に首を傾げられるだろうけれど。


リキの散歩を終えた海翔は、いつものように玄関先で散歩用のリードを外して「ただいま」と声をかけた。

玄関の内側を覗いても、大きな靴は見当たらない。

朝が早いこともあり、夕方にはたいてい仕事を終えて帰宅している駿一郎だが、今日は少し遅いようだ。

「ばあちゃん？」

靴を脱いで廊下に上がった海翔は、この時間に老婦人がいるであろう台所を覗いて……姿が見えないことに首を傾げた。

いい匂いのする鍋が、火にかかったままだ。間違いなく、家のどこかにいるはずだが……お手洗いか？

不審に思いつつ、耳を澄まして家の中の気配を探る。

「あっち……か？」

バタバタと物音が聞こえてくるのは、海翔が一度も立ち入ったことのない駿一郎の私室だろうか。

廊下の奥に歩を進めた海翔は、三十センチほど開いている襖の隙間から声をかける。

「ばあちゃん、リキの散歩終わった。なにかあった？」

「ああ、海ちゃん。ちょうどいいところに帰ってきてくれた」

海翔の呼びかけに割烹着姿の老婦人が廊下に出てきて、「困ったわ」と困惑顔で頬に手を当てた。

「物音がすると思ったら、駿一郎の部屋に猫が入っちゃってるの。捕まえようにも、すばしっこく逃げ回って……。海ちゃん、捕まえて外に出してくれるかしら」

「猫を捕まえるのはいいけど、駿一郎さんの部屋に勝手に入るのはまずいんじゃないかなぁ」

祖母である老婦人はともかく、海翔が本人不在の部屋に許可なく入っていいものか躊躇う。

やっぱりダメだろうと顔の前で手を振った海翔に、老婦人は「平気よ」と笑った。

「駿一郎は気にしないでしょ。もし怒られたら、おばあちゃんがお願いしたのって話してあげるから。パソコンとかを猫が壊すほうが大変」

それは、確かに……自分に置き換えてみても、部屋に忍び込んだ猫にパソコンやらゲームを壊されるのは勘弁してほしい。

「じゃあ……お邪魔します」

「よろしくね。あっ、お鍋を火にかけたままだったわ。大変っ」

ポンと手を叩いた老婦人は、廊下を小走りで台所に向かった。その場に一人残された海翔は、開いたままの襖の隙間から室内を覗き込む。

目に見える家具が、木製のベッドとハンガーラックだけという和室は……きちんと整頓されて、すっきりとしている。老婦人が心配していたノートパソコンは、窓際の簡素なデスクにポンと置かれていた。

物陰と呼べる場所は多くない。この部屋に猫が潜んでいるとしたら、ベッドの下かハンガーラックと壁のあいだくらいだろう。

「どこだ……猫。おーい、にゃんこ。出てこい」

庭に遊びに来る猫は、滅多に家の中までは入ってこない。ただ、時おりなにかの気まぐれか、縁側や玄関扉の隙間から侵入してくるのだ。

器用な猫だと、わずかな隙間に爪を引っかけて襖を開けたりもする。

「名前がないから呼びかけようがないな。晩飯あげないぞ」

三十センチほどあるベッドの下を覗き込んでみたけれど、猫らしき影は見当たらない。

残る隠れ場所は、服がいくつか吊られたハンガーラック周辺か。

出てきた猫に自ら逃げ出してもらえるよう、窓を開けておいてベッドとは反対側の壁際に置かれているハンガーラックに向かう。

「猫やーい……って、うわ！」

吊るされた服を掻き分けると同時に、お尋ね者の猫が飛び出してきた。新入りなのか、これまでここの庭では見たことのない茶トラの猫だ。

「茶トラ猫……。おまえ、昨夜おれに咬みついたやつに似てるな。まさか、同一人物……

じゃなくて、同一猫か？」

眉を顰めて観察する海翔を警戒しているのか、トラ猫は一定の距離を保ってこちらをジッと見つめている。

下手に刺激するのはよくない。無理に捕まえるよりも、自発的に出ていってもらったほうが……と一歩近づいた瞬間、猫が動いた。

「あっ、こらこら。そこはダメ！」

咄嗟に手を伸ばした海翔は、パソコンが置かれたデスクに飛び乗った猫を両手で捕まえる。

脅《おど》かすつもりではなかったけれど、猫はビクッと身体に緊張を走らせた。

その直後、クラリと眩暈《めまい》に襲われる。

「な……に、ッ」

捕まえていた猫が、するりと海翔の手から抜け出して開けておいた窓から庭に出ていく。

平和的に追い出せて、よかった……けど、眩暈が止まない。

目を閉じて、足元がグラグラ揺らいでいるような平衡感覚がおかしくなりそうな感覚に耐えていたけれど、幸いにも奇妙な眩暈は数秒で収まった。

「ニャー……？」

〈今の、なんだった？〉

ふう、と大きく息をついた海翔は、冷や汗の滲む額に手をやった……つもりだった。

けれど、額や前髪に触れるでもない奇妙な感覚に目をしばたたかせる。

「にゃにゃっ？」

〈なにごとだー！〉

無事に追い出したはずの、猫の鳴き声が室内に響き渡る。

また戻ってきたのかときょろきょろしたけれど、猫の姿は見当たらない。

「ニャオ？」

〈猫……って、え？〉

まさか、これは……自分の声かっ？

とんでもない『まさか』が頭に浮かび、慌てて自分の身体を見下ろす。

手……は、白と赤茶色の入り交じったトラ模様だ。わさわさと、人間ではあり得ない量の体毛に覆われている。

足元には、きちんと身につけているはずの制服が抜け殻のように落ちていた。

「にぎゃー！」

〈なんなんだー！〉

夢？　いやいや、海翔には一瞬で眠りに落ちるという特技はないし、こんなリアルな夢など存在しないだろう。

ということは、やはりこの異常事態は現実……昨夜の夢も、実際にこの身に起きたことだったのだろうか。

「にゃ、にゃああ……ニャッ！」

〈どうすればいいんだ。呪文とかないのかよっ。うわわっ、足音！〉

途方に暮れて、にゃんにゃんつぶやいていた海翔だったが、普段より鋭敏な聴覚が近づいてくる足音を聞き取った。

廊下の床板を踏む音の重さからして、この部屋の主か？

息を詰めて隙間が空いたままの襖を見つめていたけれど、ぼんやりとしている場合ではないと気がついた。

この状況では、海翔が駿一郎の部屋で制服を……パンツまで脱ぎ捨てて、姿を消したみたいだ。

「に、にゃっっ」

〈とりあえず、服……隠さないとっ〉

慌てて制服を銜《くわ》えたが、どこかに持っていく時間はなさそうだ。ギシギシ廊下を歩く足音は、どんどん近づいてくる。

「にゃあっ」

〈ええいっ、あそこだ〉

四肢を駆使して、制服をベッドの下に押し込んだ。制服一式を隠せそうな場所が、それ以外に見当たらなかったのだ。

「海翔、猫と格闘しているとばあさんから聞いたが……」

襖のところから駿一郎の声が聞こえた瞬間、ビクッと身体を震わせる。

足音が変わり……廊下から部屋に入ってくる直前、靴下が片方残っていることに気づいた。慌てて銜えて頭を振り、遠心力を利用して投げ込む。

「海翔？」

「に……にゃぉ」

〈な、なんとか間に合った〉

駿一郎には、最後の靴下も目撃されていないはずだ。はぁぁ……と特大のため息をついた海翔は、恐る恐る振り向いた。

「あれ？　猫だけか？　海翔はどこに行った？」

「ニャッ！」

〈うぎゃっ！〉

目の前に足が見え、頭上から駿一郎の声が降ってくると同時に、ひょいと身体を持ち上げられる。

海翔の口から飛び出した悲鳴は猫の鳴き声だったけれど、人間のままだとしてもほぼ同じものだったに違いない。

「居間にもいなかったし、おかしいな。玄関に靴はあったか?」

「にゃあっ!」

〈靴っ!〉

服を隠しても、靴が残っていた!

慌てて駿一郎の手から逃れた海翔は、不用意に動いたせいで畳に落下するのを覚悟する。

ギュッと目を閉じて、衝撃に備えたが……自然と身体が半回転して、すとんと畳に足の裏をついた。

……ビックリした。が、さすが猫。身軽だ。

「あっ、おい……トラ猫」

駿一郎の呼びかけを無視して、襖の隙間から廊下に走り出る。そのまま玄関に向かい、シューズの紐部分を銜えて玄関扉を引っ搔いた。

「うにぃぃ」

〈鍵、かけて……ないっ〉

幸い玄関扉は施錠されておらず、カラリと軽い音とともに少しだけ隙間ができる。

素早く右足のシューズを運び出し、もう片方も玄関の外に出すと、左右の靴紐を纏めて銜える。

「ううぅ」

〈く……重っ〉

このままでは、素早く動けそうにない。仕方なく、猫の身体には大きな荷物をズルズルと引きずって、庭木の根元に身を潜めた。

「海翔の靴は……ないな。ばあさん、海翔帰ったみたいだぞ。バッグを置いたままで」

「あら、なにか急用があったのかしら。具合が悪くなったとかでなければいいけど」

「体調が悪そうだったか？」

「いいえぇ。いつものようにリキを散歩に連れていってくれて、顔色も悪くなかったはずだわ」

「……じゃあ、家で急用ができたのかもな。通学バッグを置いてあるから、明日にでも取りに来るだろ」

気配を殺して駿一郎と老婦人の会話に耳を澄ませていた海翔だったが、カラカラと玄関扉が閉められる音に緊張を解いた。

詰めていた息をついて、銜えていた靴紐から口を離す。

「……にゃ」

〈どうすんだよ、コレ〉

今の海翔は、樋垣家の庭に佇《たたず》む一匹のトラ猫だ。

この姿を駿一郎に目撃されても、どこからともなく庭にやってくる猫たちと変わりなく、不審には思われないだろうけれど……。

「……ッ……みゃぅ」

〈家に帰ろうにも、マンションに入れないんじゃ……〉

鍵は制服のポケットだし、現実問題として、この姿のままマンションに入ってエレベータに乗り、自宅の分厚いドアを開ける……とか、ハードルが高すぎる。

いつ、どうすれば人間に戻ることができるのかもわからない。

途方に暮れて、庭の隅に蹲《うずくま》っていると……両目から、ほろほろと涙が零れ落ちていることに気づいた。

「う、うにゃ……」

〈猫も、泣くんだな〉

そんな、この状態ではどうでもいいことを考えてペロリと舌なめずりをする。

もし、もしも……このまま、戻れなければ……猫のまま生きていかなければならない？

ふと思い浮かんだ恐怖に、背中の毛が逆立つのを感じる。

不安と恐怖に圧し潰されそうになっていると、海翔が身を潜めている植え込みがガサガサと揺れた。

庭に設置された外灯の光が遮《さえぎ》られて、暗くなる。

なんだ？　と、顔を上げた海翔の視界いっぱいに映ったのは、黒々とした鼻？　……と、尖った巨大な歯だ。

「ニャッ！」

〈なんだー！　……って〉

驚きに目を瞠《みは》った海翔は、慌てて逃げ出そうとしたけれど、獣の前脚に身体を押さえつけられてしまう。

あまりの恐怖に硬直する海翔をよそに、ふんふんと匂いを嗅《か》がれ……ペロリと顔を舐められた。

「にゃぅ……ニャー……？」

〈リキか。……まさか、おれがわかるのか？〉

恐る恐る見上げると、黒く巨大な影の正体が見て取れた。トラ猫の海翔を前に、激しく尻尾を振っているのはリキだ。

にゃうにゃうと鳴くだけの海翔がなにを言っているのか、理解しているわけがない。それなのに、親し気に涙で濡れた顔を舐めて鼻先を押しつけてくる。

「ニャー……」

〈ありがと、リキ〉

少し落ち着きを取り戻した海翔は、リキを見上げて小さく声を上げた。リキはなにを思ったのか、ガバッと口を開けて海翔の首筋に咬みついてくる。

「にぎゃっ！」

〈なにすんだ！　……って〉

突然の行動に驚いたが、咬まれた首筋は痛くない。そのまま持ち上げられて、庭を移動する。

そういえば、動物の親が子供を運ぶ時に、こうして首の後ろを銜えていた。手足がブラブラするのは不安定で落ち着かないが、リキからは攻撃しようという意図を微塵《みじん》も感じないので、恐怖は消えている。

リキはトラ猫の海翔を銜えたまま庭を横断すると、自分の小屋に運び込んだ。寝床である毛布の上に、そろりと下ろされる。

「にゃあ？」

〈ここで寝ろって？〉

海翔の問いかけに尻尾を振ると、まるで護ろうとするかのように身体を横たえて寄り添ってくる。

どうやら、寝床を提供してくれるらしい。

あたたかいし、屋根もあって……心強い番犬が傍《そば》にいる。途方に暮れていた数分前と比べれば、天国のような状況だ。

ひとまずリキの好意に甘えることにして、そっと身体をもたせかけた。

「にゃぅ」

〈ありがと、リキ〉

トラ猫の正体が海翔であることに気づいているのかどうかは、わからない。ただ単に、庭に遊びに来る猫のうちの一匹として、親切にしてくれているだけかもしれない。

でも、今の海翔にとっては大げさでなく神の救いのようなもので……不安は尽きなかったけれど、少なからず心身を休めることができた。


「リキ。朝の散歩だ。いつもなら玄関の外で待っているのに、今朝は珍しく朝寝坊だな」

聞き覚えのある声に、うとうととした眠りから呼び戻された。

小屋の外から呼びかけてくるのは、駿一郎の声だ。海翔に寄り添っていたリキがむくりと起き上がり、出ていった。

ジャラッとチェーンの音……聞き覚えがあるこの音は、散歩用のリードをリキの首輪に取りつける際のものだ。

リキと駿一郎の足音が遠ざかったことを確認すると、蹲っていた海翔はそろそろと小屋から出た。

途端に眩しい朝陽を全身に浴びる。

「うわ、目が痛い……ッ！」

目を閉じて頭を左右に振ると同時に、異変に気がついた。

視界が高い。それに、足の裏と手のひらに、土と草の感触が……。

「も、戻った……けど」

全裸だ！　この状態をうっかり誰かに目撃されたら、爽やかな朝に堂々と出現する空気の読めない変質者だろう。

安堵《あんど》に浸《ひた》る間もなく慌てた海翔は、リキの小屋から古びた毛布を引っ張り出して身体に巻きつける。

「ちょっと、借りて……制服を回収できればいいけど」

幸いにも、駿一郎はリキを連れて散歩に出ている。

突然思い立って夜中に部屋の掃除とかをしていなければ、海翔の制服は駿一郎の部屋……ベッドの下にあるはずだ。

「問題は、ばあちゃんか」

朝食の支度をするため、台所に立っていてくれれば……こっそり忍び込んで、制服を身につけることができる。服さえ着てしまえば、忘れていったバッグを取りに来たとか言い訳をすることも可能だ。

裸体にリキの小屋から拝借した毛布を巻きつけた、怪しい姿を見られなければいい。

「迷っている時間はないし」

朝のリキの散歩が何分くらいなのか、海翔は知らない。でも、駿一郎は週によっては土曜も仕事に行くはずだから、グズグズしている時間はないだろう。

樋垣家の庭が広くて、助かった。しかも葉を茂らせた木々がたくさんあるので、道路を歩く通行人の目から身を隠すのは難しくない。

無事に玄関に辿り着いた海翔は、音を立てないように玄関扉を開けて様子を探る。

廊下の奥から聞こえてくるのは、換気扇の音。そして、まな板の上でなにかを切っている包丁の音。

「っし！」

絶好のチャンスだと拳を握った海翔は、抜き足差し足で廊下を進んで駿一郎の部屋に身を滑り込ませた。

ベッドの下には押し込んだままの状態で海翔の制服が残されていて、安堵に深く息をつく。

急いで制服を着込み、今度はこっそりと玄関の外に出た。植え込みの陰に隠してあった靴を履き、ようやく人心地がつく。

「あとは、リキの小屋に毛布を返却……っと」

最後の仕上げとばかりにリキの小屋に毛布を戻して、門を出る。

小走りで住宅街を進み、マンションの手前にある公園まで辿り着いたところでドッと力が抜けた。

「はぁぁ……なんとか、なった……か？　あ、バッグを回収……夕方でいいか」

財布やスマートフォンの入ったバッグを忘れてきたが、昨日の時点で置き忘れていたのだから回収しそびれて逆によかったのかもしれない。幸いにも、マンションの鍵は制服のポケットに入れてある。

夕方を待って、なに食わぬ顔で「忘れちゃった」と取りに行って、ついでに夕食を食べさせてもらおう。

トラ猫が海翔だと認識していたのかどうかは謎のままだが、事実を知るとすればリキだけだ。

「手土産に、ジャーキーか骨ガムを持っていこう」

泊めてくれたリキへのお礼は、そのあたりでいいだろうか。

朝陽を浴びるマンションを見上げた海翔は、いろいろ考えるのは後にして、とりあえずひと眠りしよう……と特大のため息をついた。

《四》

リキの小屋の前に、ドライフードと新鮮な水をたっぷり注いだ器を二つ並べる。

尻尾を振って待っているリキに頬を緩ませて「どうぞ」と声をかける。海翔が言い終わらないうちにリキが勢いよく器に顔を突っ込んで、笑みを深くした。

「落ち着いて食べろよ。あとは……猫たちにもカリカリだな」

猫用のフードを入れた器を手に持ち、樋垣家の庭でも一際大きな松の根元に向かう。

「今日は何匹かなぁ」

毎日、決まった猫が来るわけではない。数もまちまちで、量が不足しているようならもう一つ器を足さなければならない。

海翔が松の根元に器を置くと、庭のあちこちに潜んでいた猫がわらわらと集まってきた。
二、三……四匹か。多めに入れてあるから、量は足りるはず。
「黒とハチワレと……白猫は初顔か？　っ……トラ猫……」

四匹で終わりかと思っていたら、少し遅れて茶トラ猫が姿を現した。海翔はジリッと足を引いて、トラ猫から距離を取る。

今の海翔は、トラ猫に対する警戒心を露骨に顔に表しているはずだ。

自分の身に異変が起きる際、いつも引き金となるのは『トラ猫』だと気づいて以来、細心の注意を払ってトラ猫を避けている。

ただ、樋垣家にやってくる猫たちは人間に対して友好的なものが多く、うっかり気を抜いたら足元にすり寄られるのだ。

トラ猫との接触は、海翔にとって非日常の始まりとなり……。

「海翔」

「うわっ、ハイ！　お、お帰りなさい」

名前を呼ばれて慌てて振り向くと、ダークグレーのツナギ……仕事着のままの駿一郎が立っている。

トラ猫の動きを見逃さないよう意識を集中して凝視していたせいで、駿一郎が帰宅したことに気づかなかった。

「ああ……新発売のチョコ、買ってきた。晩飯の後に食えばいい」

「ありがと。今夜はシチューだって。クリームシチュー」

「ん……匂いでわかる」

ピッタリと閉めていない玄関扉の隙間から、料理の匂いが漂ってきている。美味しそうな匂いを意識した瞬間、空腹感が増した気がして、腹の虫が盛大に鳴り響いた。

「威勢のいい虫を飼ってるな」

「う……駿一郎さんと違って、若いんだよ」

特大の腹の音を聞かれた照れ隠しにしては、余計な一言だ！

ポロリと零した台詞を撤回しようとした海翔だったが、数歩前を歩く駿一郎が口を開くほうが早かった。

「それもそうか。十代は、いくらでも食えるよな」

智希とか、クラスの友人だったら「嫌味かよ」と頭を小突いてくるはずだが……まともに肯定されてしまったら、なにも言えなくなる。

年齢ゆえの落ち着きか、もともとの性格が生真面目なせいなのか……駿一郎が相手だと、調子が狂う。

結局、ほとんど会話がないまま家に入って夕食の席についた。

夕食の席でも、海翔と老婦人が言葉を交わすのみで駿一郎は黙々と食事をとり続ける。

それ自体は、彼の祖父が存命だった時と同じなのに……雑音として不快に思われていないか気になり、チラチラと駿一郎を窺う。

「そうだ、海翔」

「ん、はい？」

先に食べ終えた駿一郎に名前を呼ばれた海翔は、スプーンを持つ手の動きを止めて顔を上げた。

テーブル越しに目が合い、不自然に思われないようさり気なく視線を逃がす。

駿一郎に真っ直ぐ見つめられるのは、少し苦手だ。疚しいことなどなにもないはずなのに、心臓がギュッと苦しくなる。

「最近、黙って姿を消すことがあるだろう。ばあさんが心配するから、一言でも声をかけて帰れ」

「あ……はい。ごめんなさい」

それには一応、理由がある。正確には、声をかけられない……のだ。

でも、その『理由』を説明することなどできるわけもなく、謝ることしかできない。

「駿一郎ったら、怖い顔で……。海ちゃん、気にしなくていいのよ」

「ううん、おれが悪いから。気をつける」

海翔の答えに、駿一郎は無言でうなずいて食べ終えた食器を手に立ち上がった。炊事は老婦人に任せ切りだが、食後の皿洗いは各自ですることになっている。

駿一郎の姿が居間から消えると、老婦人が「あの子ったら、不愛想で」と苦笑して話しかけてきた。

「海ちゃんに怒っているわけじゃないのよ。誰に対しても、ああなんだから……女の子にも怖がられているんじゃないかしら。いい年して、一度も彼女を紹介してくれたことがないのよ」

「あ、でも駿一郎さんは浮ついていないってだけで、すごく格好いいからモテないわけじゃないと思う。絶対、おれよりはモテる……と思う」

こんなふうに力説するのは少しばかり情けないが、客観的に見ても間違いではないと思う。

中学の頃から、女子に「仲原くんは異性って感じがしない」と対象外扱いされていた海翔より、駿一郎のほうが遥《はる》かに異性人気はあるはずだ。

「海ちゃんも格好いいわよ。可愛いし」

「あ……ありがとと」

その、『可愛い』が最大の問題なのだが……素直に礼を述べて、止めていたスプーンの動きを再開させる。

自分で作ることはなく、外食でも選ばないクリームシチューは、どこか懐かしくて優しい味がする。

「ご馳走さまでした。美味しかった！」

シチュー皿を空にして両手を合わせると、立ち上がるタイミングを見計らう。

台所のシンクはあまり大きくないので、食器洗いのために駿一郎と並ぶと肩が触れ合うことになるのだ。

「あ、おれ……片付けてくる。ばあちゃんのも、ついでに洗っておくよ」

食器洗いを終えたらしい駿一郎が居間に戻ってきたのと入れ違いに、座布団から立ち上がった。

ほぼ同時に食べ終えた老婦人の前にある食器を、自分が使ったものと重ねて手に持ち、台所に運ぶ。

少し不自然だっただろうか。叱られて不貞腐《ふてくさ》れているなどと思われるのも、怖がっていると受け取られるのも本意ではない。

では、なにか……。

「意識している、っていうのも変か。なんなんだろう」

友人に対する親しみとは違う。人懐っこいと自他ともに認める海翔が、これまでになく距離を詰めることができない存在だ。

嫌いなわけでも、怖がっているわけでもないのに……駿一郎を前にした時の奇妙な緊張感の正体が掴めなくて、もやもやする。

「駿一郎さんも、変に思ってるかも」

海翔が無意識に身構えてしまうせいで、駿一郎もどこか遠慮がちなのかもしれない。

自分でもよくわからない感情を持て余した海翔は、流水の下に食器を置いて大きく息をついた。

リキみたいに、好意を尻尾で表すことができれば説明する必要なんかないのになぁ……と単純明快に感情を表現する友を思い浮かべて、「人間は不便だ」とつぶやいた。

「にゃぁ……ぅぅ」

〈ちくしょ。油断した〉

それとも、人間は不便だなんて独り言を零したから、コレならどうだとばかりに罰を当てられたのかもしれない。

庭の隅で蹲った海翔は、否応《いやおう》なしに見慣れた毛むくじゃらの腕を見てがっかりする。ちなみに、赤茶と白のトラ柄だ。

帰宅するために樋垣家の玄関を出て、庭の半ばまで歩いた時だった。正面から走ってきた猫が、障害物となった海翔を避けるために足元を潜《くぐ》り抜けていったのだ。

一匹目は、黒猫。二匹目がサビトラ……最後方の猫と目が合い、進路を譲ろうと咄嗟《とっさ》に動いたのがまずかった。

そのままでいれば足のあいだを走り抜けたであろうトラ猫は、あろうことか海翔の前で大きくジャンプして肩に前脚をつき、跳び箱のように飛び越えていった。

結果……猫たちの去った庭には、つい先ほどまでは海翔だった『トラ猫』が一匹、立ち尽くしている。

「にゃぅ……にゃ」

〈くそ、めんどくせーな〉

不満を零しながら服と靴を木陰に移動させて、海翔のいた痕跡を消す。

どうやら、トラ猫との接触で変化が起きるらしいという法則に気づいてからは、それなりに備えるようになった。

以前は学校帰りに直接寄っていたのだが、最近は一度自宅で着替えてから樋垣家を訪れているので、もし回収しそびれても制服がなくて学校に行けないということにはならない。

あとは、リキの小屋に居候《いそうろう》して朝を待ち、朝陽を浴びて人間に戻り……こっそり出ていけばいい。

リキは、っと……くるりと向きを変えると同時に、こちらに歩いてくる二つの影が目に入った。

一つは、リキ……もう一つは、二足歩行する長身のものだ。

「あれ、もう門を出たのか。歩くのが速いな。……リキも、見送りそびれたな」

そう言いながらリキの頭に手を置いた駿一郎は、どうやら海翔の見送りに出てきてくれたらしい。

「持ち帰ればいいと思ったが……明日でいいか」

そう口にした駿一郎が左手に持っているものは、チョコレートのパッケージだ。

「……にゃ」

〈あれ、か〉

食後のおやつに、と言っていた新発売のチョコレートだろう。海翔がそそくさと帰宅の途についたせいで、出しそびれたに違いない。

申し訳ない気分になり、しょんぼりと項垂《うなだ》れる。

「リキ？　……あ、おい」

「にゃぁあ」

〈わわっ、なんだっ〉

目の前に立ちふさがるのは、見慣れたリキの脚。鼻先を寄せてくるのも、いつもと同じで……ただ、今夜は駿一郎が傍にいた。

「猫を驚かせるな。硬直していただろう」

「にゃお！　ニャー！」

〈驚いたよっ！　今！〉

トラ猫姿でもすっかり馴染みのあるリキよりも、駿一郎に抱き上げられたことに驚いた。

硬直が解け、ジタバタと手足を動かす海翔に、駿一郎は優しい声で話しかけてくる。

「暴れなくていい。リキは猫にも友好的だが、おまえにとっては怖いよな。震えなくても大丈夫だ」

右手でゆっくりと背中を撫でながら、静かな声で宥《なだ》められる。

駿一郎……なのに、駿一郎ではないみたいだ。少なくとも海翔は、こんなふうに話しかけられたことがない。

人間に対しては不愛想だけれど、動物には優しいのだろうか。

「おまえ、見かけない茶トラだな。よく見るやつとは、微妙に模様と大きさが違うし……新入りか」

駿一郎の腕に抱かれたまま、庭に設置されている外灯の下に連れていかれて、まじまじと観察される。

耳の後ろ、喉元、背中……触れてくる指先が優しくて、とろりとした心地になる。

あ、気持ちい……い。もっと、身体中に触ってほしい。もっと、もっと……この大きな手が、好き。

「ふ……人懐こいな。首輪や迷子札は見当たらないが、どこかで飼われているのか？」

「にゃぅ……」

〈ぐっ、不覚〉

無意識にゴロゴロと喉を鳴らしていたことに気がついて、慌てて顔を背《そむ》ける。駿一郎が、妙な手つきで触るせいだ。

「急いでないのなら、しばらく抱かれてろ。月見につき合え」

駿一郎はトラ猫の海翔を抱いたまま縁側に腰を下ろし、夜空に浮かぶ月を見上げているようだ。

その足元にはリキが座り、当然のように寄り添う。

乗せられた駿一郎の膝の上は予想外に居心地がよくて、動くことができない。ゆっくりと背中を撫でる大きな手も、気持ちいいし……と目を細めて身を任せる。

そうして、どれくらい時間が過ぎただろうか。

「どうも俺は、口が下手だ。……海翔に嫌われても、仕方がないか」

ぽつりとつぶやかれた言葉に驚いて、パッと顔を上げた。

駿一郎は、海翔が……いや、膝に乗せたトラ猫が反応したことなどどうでもいいのか、月を見上げたままぽつぽつと零す。

「意識すればするほど上手くしゃべれないなど、いい年してバカみたいだ。好意を伝えるのは、難しいな」

「う、うにゃ？」

〈なんなんだっ〉

予想もしていなかった駿一郎の言葉の数々に、海翔は目を見開くばかりだ。

嫌われていると思っていたのは、こちらのほうだ。嫌われていないにしても、駿一郎から見れば子供で、相手にもされていないのだと……。

「に、にゃぁぁぁ」

〈うわ、わーっっ！〉

じわじわと恥ずかしさが込み上げてきて、駿一郎の膝の上に乗っていられなくなった。

焦燥感に背中を押されるまま膝から飛び降りると、縁側の下に逃げ込む。

「あ、おい……トラ猫？　逃げられたか」

駿一郎の膝下はしばらく見えていたけれど、逃げ出したトラ猫を無理に探し出そうという気はないのか玄関のほうへと去っていく。

そのあとをついていったリキが、しばらくして戻ってきた。出てこいと言わんばかりに、縁側の下を覗き込んでくる。

「にゃ……」

海翔は促されるまま這い出ると、リキと並んで庭の隅にある小屋へと向かう。

今だけは、猫でよかったと思う。人間なら、顔が真っ赤になっているに違いない。

「にゃぉ」

〈好意、だって〉

海翔が聞いているなど想像もしていないだろうから、あれは……間違いなく駿一郎の本音だ。

きっと真面目だからこその不器用さを知り、海翔の胸の奥は奇妙に甘く疼《うず》いている。

今日はリキに銜えられて移動しているわけではないのに、ふわふわと身体が浮いているみたいだ。

意識すればするほど上手くしゃべれない……とか。

好意を伝えるのは難しい、とか。

背中をそっと撫でる大きな手からは、優しい感情が伝わってきた。

「ニャー……にゃにゃ」

〈今頃、恥ずかしくなってきたっ〉

あの時は驚きが勝って、ただ目を見開いていただけだったけれど……駿一郎の言葉を思い出すと、今更ながら心臓が激しく脈打ち始める。

これは、嫌われていなくてよかったという安堵だと自分に言い聞かせても、動悸が収まらない。

自分が変だ。どうして、こんなに恥ずかしいのだろう。

駿一郎に抱き上げられ、撫でられた……大きな手の感触とぬくもりを思い出しそうになり、身体を震わせる。

「にゃにゃにゃ！」

〈わーっ、助けてリキ！〉

小屋に入ったリキの腹のところに潜り込み、ぐりぐりと顔を押しつける。迷惑な行動のはずだけれど、心優しいリキはトラ猫の海翔にされるがまま身を任せてくれた。

リキの体温とふかふかの毛は、極上のベッドだ。

でも今夜の海翔は、どれほど寝心地のいいベッドでも安穏《あんのん》とした眠りに落ちることができそうになかった。

□　□　□

帰宅する海翔が玄関を出てから、五分弱。これくらいの時間に、門の戸締りをするため玄関を出てくることを知っている。

内側から門扉に施錠し、家の玄関前まで戻ってきたところでサンダル履きの足元に身を寄せた。

「みゃあ……」

「来たか、トラ猫。腹は減っていないか？」

「にゃぁん」

〈満腹だ〉

なんといっても、駿一郎と同じメニュー……料理上手な老婦人の特製餃子を、たらふく食べているのだから。

言葉の意味まではわからなかったはずだが、空腹ではないということは伝わったらしい。

背中を屈《かが》めてトラ猫を抱き上げた駿一郎は、そのまま玄関を入る。

「おまえは飲めないだろうが、晩酌につき合ってくれ。無塩のカニカマを買ってある」

「にゃぁん」

〈気を遣わなくていいのに〉

居間にいる祖母にお休みの挨拶をした駿一郎は、トラ猫の海翔を抱いたまま自室に入り、畳に下ろす。

一度部屋を出ると、晩酌セットの並ぶ丸盆を手にして戻ってきた。海翔……トラ猫のために用意したというカニカマも、きちんと皿に載せられている。

下戸《げこ》の祖母と未成年の海翔に気を遣ってか、夕食の席ではアルコールを口にしない駿一郎の晩酌につき合うのは、ここしばらく恒例となっている。

わざわざトラ猫と接触して猫に変わり、駿一郎と夜の一時を過ごすのは、トラ猫の訪れを待っていてくれているらしい駿一郎だけでなく、海翔にとっても楽しい時間だ。

駿一郎は無言でお猪口《ちょこ》を口に運び……徳利《とっくり》が二本目に入る頃になって、ようやく口を開くのだ。

「ローズガーデンだとか、トピアリーだったか……外国のものは、そもそも専門外なんだ。まぁ……機会を与えられれば、どん欲に学ぶべきだとは思うが」

「にゃー……」

〈難しそう〉

駿一郎は、この家の庭を造った彼の祖父と同じく、日本庭園を専門とした造園業者だと聞いている。

それなのに、現在師事している職人は和洋の垣根なく仕事を受けるらしく、四苦八苦しているようだ。

「無様な泣き言を聞かせてすまん。こんなの、みっともなくておまえくらいにしか愚痴れないな」

愚痴聞き代だとばかりにカニカマを差し出されて、素直に齧《かじ》りついた。猫の味覚は人の時とは異なるのか、無塩のカニカマでも味気ないなどと感じない。

「にゃう……みゃ」

〈みっともないとは思わないけど〉

海翔から見れば、堂々とした立派な大人で……どんなことでも難なくこなしていそうな駿一郎でも、こんなふうに思い悩むことがあるのだと知って親近感が湧く。

それに、弱音を零す姿は自分しか知らないと思えば、彼の特別なのかと不思議な喜びが込み上げてくる。

「おまえ、ここに来ない日はどうしているんだ？　飼い猫じゃなければ、他に餌をもらう家があるのか……」

指先で耳の後ろを撫でられて、目を細めた。

無骨に見える大きな手だが、力加減が絶妙なのだ。庭木の剪定には意外と細かな作業が多いらしいけれど、それも納得できる。

「朝までいたこともないし……猫は自由気ままだな」

「ニャ！　にゃおおん」

〈朝までいられねーの。……猫にもいろいろあるんだよ〉

朝になれば、トラ猫が全裸の海翔に取って代わるのだ。そんな姿、間違っても駿一郎に見せられない。

うっかりここで寝入らないよう、多大な努力をしていることなど、駿一郎が知るはずもない。

抗議の声を上げた海翔に、駿一郎はわずかな苦笑を滲ませる。

「猫にも苦労はあるってか？　悪かった」

ポンポンと背中に手を置かれて、顔を上げる。目が合った駿一郎は、もう一度「すまん」と言いながらトラ猫の海翔の頭を撫でた。

「にゃあ」

〈通じてんじゃん〉

偶然だと思うが、猫の言葉がわかっているみたいだ。

海翔も、できればずっと駿一郎の傍にいたい。人間の海翔には話してくれないことを、もっともっと聞きたい。

でも、駿一郎が眠りにつく頃にはこの部屋を出て、リキの小屋へと身を隠さなければならないのだ。

いつまでこんなことができるのか、わからない。なにがきっかけで、海翔が猫に変化できなくなるのかも未知数だ。

こんな異常事態からは早く脱却できたほうがいいはずなのに、駿一郎との時間が心地よくて、ずっとこのままでもいいかもしれないとも思ってしまう。

「前から思っていたが……おまえの目は、海翔の目に似ているな」

ふいにかけられたそんな言葉に、海翔はピクリと耳を震わせた。

猫の目と似ているなどと言われたことは、今まで一度もない。だから、なおのこと驚いた。

恐る恐る駿一郎を見上げると、やけに優しい表情でこちらを見ていて心臓がトクトクと脈動を速める。

「物怖じしないっていうか……真っ直ぐだ。可愛いとか、……ヤバいかな」

最後の一言は、ポンとトラ猫海翔の頭の上に手を置いてつぶやき、顔を背けた。

うつむいた海翔は、コクンと喉を鳴らして畳の目を睨んだ。動悸が、ますます激しくなっている。

ヤバいかな、って……なにが？

そんなことを聞かされた海翔のほうが、際限なくドキドキして……なんだか胸が苦しい。

恋愛対象は、異性ではない。それは自覚していて、でも……身近な人間に恋をするつもりはなかった。

テレビの中の、現実では決して手の届かない相手に、憧れギリギリの仄《ほの》かな思いを寄せるくらいでちょうどいい。

すぐ傍にいる人を好きになれば、想いが届くかもしれない『いつか』を期待してしまいそうな自分がいる。

けれどそれ以前に、嫌悪されて顔を背けられるのも怖いし、『一般的な男子高校生ではない』という決定打を突きつけられるのも怖かった。『普通』は女の子とのデートに食いつくなどと軽口を叩いていた智希も、海翔が本当に『普通』ではないとは予想もしていないだろう。

「ニャゥ！」

〈あ……ダメだ！〉

危険な思考に陥りそうで、触れてくる駿一郎の手から逃げ出した。窓際のデスクに飛び乗り、窓を開けろという意味を込めて「ニャァ」と鳴く。

「もう帰るのか？」

要求を汲《く》み取ってくれた駿一郎が立ち上がり、障子とガラス窓を開ける。二十センチほどの隙間から庭に出ると、振り向くことなくリキの小屋を目指して疾走した。

胸の奥がズキズキする。駿一郎の晩酌につき合う時間を楽しみにしていたけれど、もうやめたほうがいいかもしれない。

これ以上深入りしたら危険だと、頭の中で警鐘が鳴り響いている。

「にゃぉ」

〈リキ……〉

小屋の前で一声鳴くと、リキが出てくる。おいでと言わんばかりに尻尾を振って迎え入れてくれて、ホッとした。

トラ猫と海翔が同一の存在であると知られてしまう前に、ただの猫の振りをして駿一郎に逢いに行くのはやめよう。

もう変化することがないよう、これまで以上に『トラ猫』に注意して日々を送ろう。

トラ猫の海翔が姿を見せなくなっても、駿一郎はこれまで短期間だけ庭に遊びに来ていた猫たちと同じように「他に居場所見つけたんだな」と、すぐに存在を忘れるはずだ。

「ニャ、ミュウ……」

〈それで、いい……〉

リキのぬくもりに包まれて、キリキリと痛む胸を抱えて身体を丸める。

楽しそうにトラ猫の海翔を相手に晩酌していた駿一郎を思い浮かべると、心の中で「ごめん」とつぶやいた。

《五》

「リキ、今日の夕飯はなんだろうなぁ」

リキとともにいつもの散歩コースを歩き、家に戻る。門を入って玄関扉を開け、廊下の奥に向かって「ただいま、ばあちゃん」と声をかけた。

換気扇や煮炊きする鍋の音など、雑多な物音に囲まれた台所に立つ老婦人から返事がないのは、珍しいことではない。

リキの首輪から散歩用のリードを外して、所定のフックに引っかけたところで、違和感に気がついた。

「静かだな」

耳を澄ませても、台所からはなにも聞こえてこない。それに……いつもはなにかしら漂ってくるおかずの匂いが、皆無だ。

ドク……と、嫌な具合に心臓が脈打った。

「あっ、リキ！」

廊下の奥を注視している海翔の脇を抜けて、家の中に飛び込んだリキが廊下を走っていく。

きちんと躾《しつ》けられ、台風などの荒天時以外は家に上がることのないリキがこんな行動を取るなんて明らかに異常事態だ。

「リキ、待って……ばあちゃんっ？」

リキに続いて台所に駆け込んだ海翔は、床に蹲る割烹着姿の老婦人を目にして血の気が引くのを感じた。

どうしよう。どうしたら……身体が、動かない。

「ワウ！」

リキの声で、硬直している場合ではないと我に返り、慌てて老婦人の傍に駆け寄ると床に膝をつく。

「っ、ばあちゃん……どうしたんだっ？　大丈夫、じゃない」

覗き込んだ老婦人の顔色は、青白い。話しかける海翔に返事もなく、胸元を押さえて唇を噛んでいる。

「きゅ、救急車……って、何番だっけ」

デニムパンツの尻ポケットからスマートフォンを取り出したけれど、操作する指先が震えている。

「しっかりしろっ」

拳で自分の頭を殴りつけ、なんとか一一九に通報してオペレーターに尋ねられたことに答えたけれど、頭の中は真っ白だった。

「ば、ばあちゃん……すぐ救急車が来るから。しっかりしてっ。ばあちゃんっ」

老婦人を抱えて話しかける自分の声が、泣きそうなものになっていることは自覚しているけれど、情けないなどと感じる余裕もなかった。

すぐに向かいますと言っていたけれど、すぐってどれくらいだろう？　二分、三分……五分がやたらと長く感じる。

「リ、リキ……」

海翔と老婦人の傍に寄り添っていたリキが、突然どこかに行ってしまった。これまで以上に心細さが込み上げて、「リキ」と呼びかける。

玄関から足音が近づいてきて、台所に姿を現した長身が目に映った瞬間、老婦人の身体を支える腕から力が抜けそうになった。

「おい、リキ……海翔？　ここにいるのか？　なにか……ばあさんっ？」

「き、救急車……呼んだ。駿一郎さん、帰ってきてくれてよか……た」

険しい表情でしゃがみ込んだ駿一郎は、半べその顔でたどたどしくそう口にする海翔に大きくうなずく。

「わかった。ありがとう海翔。一人で……怖かったろ。ばあさん、しっかりしてくれよ！」

必死で支えている老婦人ごと長い腕の中に抱き込まれて、ギリギリのところで耐えていた涙が目尻から零れ落ちてしまった。

慌ててシャツの袖口で拭《ぬぐ》ったけれど、駿一郎に見られてしまっただろうか。

「ばあさん、俺がわかるだろ。海翔も、リキも……心配している。気をしっかり持ってくれよ」

「あ……あ」

かすかな声だったけれど、駿一郎の呼びかけに応答があって少しだけ不安が薄れる。

でも、顔は完全に血の気を失い、真っ白なままだ。眉根を寄せ、息苦しそうに顔を顰《しか》めている。

このまま、どうにかなってしまうのでは……と不吉な思いが頭の中をぐるぐると巡り、怖くて目を逸らすことができない。

声を出すこともできず、身体を強張らせている海翔に、駿一郎が低く呼びかけてきた。

「海翔。表に出て救急車……救急隊員を誘導してくれ」

「あ、うんっ」

遠くから、少しずつ救急車のサイレンが近づいてくる。駿一郎の言葉に大きくうなずいた海翔は、震える膝を一度強く叩いて立ち上がった。

ここは駿一郎がいれば大丈夫だと自分に言い聞かせて、後ろをついてきたリキと玄関を駆け抜ける。

救急車は、すぐそこまで来ている。角を曲がった車体と赤色灯が目に映り、フロントガラスに向かって大きく両手を振った。

普段はどこか不安を掻き立てられる救急車のサイレン音に、これほど安堵したのは初めてだった。


無音は心細くてテレビをつけたけれど、ぼんやりと画面を眺めるだけで内容はまったく頭に入ってこない。

救急車に同乗した駿一郎の帰りを、ジリジリと待ち続け……壁にかかった時計を見上げては、ほとんど進んでいない針にため息をつく。

九時前……か。

「遅いな。……電話では、命に別状はないって言ってたけど。うぅー……」

海翔は留守番をしていてくれと言われてうなずいたけれど、やっぱり強引にでもついていけばよかった。

　でも、海翔が一緒にいてもなに一つ役に立たなかったことは確実で、邪魔になるくらいなら留守番をしていて正解だとも思う。

　ため息の数は、とっくに数え切れなくなった。

「あ……」

　カラリと玄関扉の開く音が耳に入った瞬間、座り込んでいた座布団から立ち上がった海翔は、慌てて廊下に飛び出した。

「駿一郎さんっ！　ばあちゃん、どうだった？」

　靴を脱いで廊下に足を上げたところだった駿一郎は、勢いよく駆け寄った海翔に目をしばたたかせて、かすかな笑みを浮かべる。

「……すごい勢いだな。電話でも話したが、ひとまず命に別状はない。詳しいことは改めて検査をしてみないと……ってことで、しばらく入院だ」

「命に別条がないのなら、とりあえず安心……していい？」

　手放しで安堵することはできないかもしれないけれど、今すぐ命の危機がないのであればホッとしてもいいだろうか。

　二十センチほど高い位置にある駿一郎の顔を見上げてそう尋ねた海翔に、駿一郎は大きくうなずいた。

「ああ。病院への搬送が速かったからな。……海翔がいてくれて、本当によかった。ありがとな」

ポンと頭に手を置かれて、くしゃくしゃと髪を撫で回される。その途端膝の力が抜けてしまい、へたりと廊下の真ん中に座り込んだ。

生真面目で誠実な駿一郎は、海翔を安心させるためだけにその場しのぎの嘘はつかない。

「よか……った」

「こんなところでへたり込むな。尻が冷えるぞ」

駿一郎に腕を摑まれて引っ張り上げられ、居間に誘導される。腕を離されて畳の上に座ると、改めて駿一郎を見上げた。

「め、めちゃくちゃ……怖かっ、た。おれ、実のばあちゃんが倒れた時、学校から帰るのが遅くて……助けられなか……っ」

今も悔やむばかりの、一年と少し前の春のことを思い出す。

級友に誘われた海翔は、コンビニエンスストアで肉まんを買い食いしてゲームセンターで遊び……普段より二時間ほど遅く帰宅した。

自宅で海翔を待っていたのは、隣の奥さんで……庭で倒れていた祖母が病院へ搬送されたことを聞かされた。彼女は海翔の携帯電話の番号を知らず、連絡をつけられなくて帰宅を待っていてくれたのだ。

車を出してくれた隣家の奥さんに送られて、病院に着いた時には……祖母は、既に息を引き取っていた。

最後の言葉を交わすことも、手を握って見送ることもできなかった。

庭先で倒れていた祖母に気づいたのは、郵便配達員だったらしい。急な心臓疾患で、搬送時には心肺停止状態だったと聞かされたけれど……。

海翔が、もっと早く帰宅していたら。買い食いして遊ぶことなく、普段と同じ時間に帰っていたら。

目の前で倒れたとしても間に合わなかっただろうと言われても、後悔と自責の念は海翔の胸に燻《くすぶ》り続けている。

まだ血の滲む生傷のような記憶を語る海翔を、駿一郎は自分のほうが痛いような顔で聞いてくれて……無言のまま、ポンと肩を叩く。

「おれ、記憶の中のばあちゃんと……樋垣のばあちゃんが重なって見えて、ろくに動けなかった。駿一郎さんが帰ってきてくれて、めちゃくちゃ、安心した」

救急車を呼ばなければと思いついたのはいいが、苦しそうな老婦人にろくに声もかけられなかったのだ。

頭の中が真っ白で、ただあの場にいただけで……。

駿一郎の姿を目にした瞬間、言葉で言い表すことができないほどの安堵感に包まれた。

「聞き飽きた台詞だろうが、それは海翔のせいじゃない。おまえのお祖母さんも、自分を責めるおまえを見たら悲しむだろう。……さっきも言ったが、おまえはよくやってくれた。おまえがいたから、俺は冷静になれたんだ、一人なら、みっともなく狼狽《うろた》えて救急車を呼ぶこともできなかったかもしれない。海翔のおかげだ」

「でも……」

海翔がいたから冷静になれたという言葉に、少しだけ肩の力が抜ける。けれど、もっと他になにかできたのでは。

恐慌状態だったせいでほとんど記憶にないが、老婦人の手を握って励ますとか……不安なのは海翔ではなく彼女だったはずなのに、自分のことでいっぱいいっぱいになっていたことを悔やむ。

言葉を切ってうつむくと、不意に駿一郎の腕の中に抱き込まれた。

突然のことに驚いて、声もなく身体を強張《こわば》らせる。

「今も、おまえがいて明かりがついている……無人ではない家に帰ってきて、ホッとした。俺の身内は、もうばあさんだけなんだ。一人前になった姿を見せられないまま、じいさんがいなくなって……ばあさんまでも、と思ったら……情けないが、怖かった」

海翔よりずっと大人で、なにがあっても落ち着いている……動揺とは無縁に見える駿一郎が、本当は怖かった？

残る身内がたった一人という状況は海翔と似ていて、独りぼっちになるかもしれない

……と考えれば、怖いという心情は理解できた。

「駿一郎さんは、情けなくなんかない。おれ、救急車を呼んだだけで、他になにもできなかったけど……」

「おまえのおかげで、助かったと言っただろう。それに……今は、ここにいてくれるだけでいいんだ」

言葉の終わりとともに両腕にグッと力が込められて、少し苦しい。

でも……胸の内側に滞っていた後悔や澱《よど》みが、駿一郎の言葉に溶かされて流れていくみたいだ。

おまえがいて明かりがついている家に帰ってきて、ホッとしたと言ってくれて……海翔のほうこそ安堵した。

なにもできないという無力感にうつむくばかりの海翔に、今はここにいてくれるだけでいいと言ってくれた。

縋りつくように強く抱き竦められると、胸の奥がズキズキする。もっと、抱き締めてほしい……いや、海翔が腕の中に抱いてあげたいという不思議な欲求が込み上げてきて、硬直が解ける。

ただ、遠慮を完全に手放すことはできなくて、震える手でそろりと大きな背中を抱き返した。

最初は近寄り難いと感じていたのに、今は逆にもっとくっつきたいと思う。

海翔が背中を抱く手に力を込めると、駿一郎は身動ぎして海翔を抱く腕の力を抜いた。

「……すまん。俺、仕事着のままだ。汚いな」

「気にしない……けど」

もっとこうしていたいと口に出すことはできず、そっと身体を離す。

泣き言を聞かせたこと、涙まで見せてしまったことも……少し冷静になれば照れくさくて、駿一郎の顔を見ることができない。

「あー……風呂、入ってくる」

「あっ、うん。じゃあ、おれ」

帰る、と言いかけたところでタイミングよく腹の虫が鳴いた。しまった、と思った瞬間、駿一郎からもグゥと聞こえてくる。

「……そのあいだに、お握りでも、作っておこうか？　ばあちゃん、炊飯器をセットしてくれてたからご飯だけならある」

倒れる前に炊飯器のタイマーをセットしていたらしく、ジリジリしながら駿一郎からの連絡を待っていた時に、台所から炊き上がりを知らせるアラームが聞こえてきたのだ。

口にした直後、差し出がましかったかなと発言を撤回しかけたけれど、駿一郎は「頼む」とうなずいて海翔の頭に手を置いた。

突《つ》っ撥《ぱ》ねられなかったことにホッとして、大きくうなずく。

「そうだっ、夕食を食べそびれているのはリキと猫たちもだ。悪いことをした。そっちも、ご飯あげておくから、駿一郎さんはお風呂に入ってきて」

「ああ。じゃあ、任せた」

アクシデントによって夕食を食べそびれているのは、自分たちだけではない。そのことを今更ながら思い出して、慌てる。

風呂に入ると言った駿一郎と同時に立ち上がり、浴室と台所にそれぞれ分かれる。

廊下の床板を踏む音が遠ざかり、すぐ傍にあった駿一郎の気配が完全に消えたのを確認して、ふー……と特大の息をついた。

「なんか、そんな場合じゃないのに」

ドキドキした。

これまで知らなかった駿一郎の姿を目にして、こんな自分でも必要としてくれているみたいで……今まで、どうして近寄り難いなどと感じていたのか不思議にさえなる。

「意識、しすぎてた……のかも」

物怖じや人見知りとは無縁で、誰が相手でも「人懐こいな」と笑われていた。それなのに、駿一郎だけは例外だった。

それは何故か。

「おれ、鈍感?」

……必要以上に意識するせいで身構えていたからだと、今になって気がつく。

自覚した途端、ついさっきの腕の中に抱かれていた状態を思い出してカーッと顔が熱くなる。

「バカ。リキと猫たちのご飯……お握りも」

こんなことを考えている場合ではないだろう、と自分の頬を両手で叩いてふわふわする気分を落ち着かせる。

台所に向かって数歩歩いたけれど、まずは腹を空かせて待っているリキたちの食事だと、ドライフードを置いてある玄関に方向転換した。


具がない塩味のお握りに、海苔《のり》を巻いただけ。それと、お茶。

簡素な夜食を終える頃には、時刻は午後十時を過ぎていた。

「ご馳走さま。俺が洗うのに……」

「皿と湯呑みだけだから、駿一郎さんこそおれに任せてくれてよかったのに」

使い終えた皿と湯呑みを洗い終えて、布巾《ふきん》で手の水気を拭う。

どちらが片付けをするかと作業を取り合った結果、二人で台所のシンクに向かうことになったのだ。

「もう、こんな時間か。遅くなったから、泊まっていくか？　明日は土曜だから、学校は休みだろう」

台所の壁にかかっているレトロな時計を見上げた駿一郎が、予想もしていなかったことを言い出した。

泊まる、の一言にドクンと心臓が大きく脈打つ。手に持っていた布巾をギュッと握り締めた海翔は、ぎこちなく首を左右に振った。

「えっ、いや……いい、よ。すぐ近くだしっ」

布巾を握ったまま、顔の前で手を振る。

チラリと横目で海翔を見遣った駿一郎は、なにを考えているのか読めない無表情で目を逸らしてボソッと口にした。

「……嫌なら無理にとは言わん」

「嫌じゃないっ。けど、迷惑……かと」

低い一言からは、駿一郎がなにを思ってそう口にしたのか読み取ることは不可能だが、海翔は慌てて否定する。

嫌がっているわけではないけれど、この、なにかと混乱した状態で駿一郎と二人きり……と考えるだけで、心臓が壊れそうだ。

「迷惑ではないが……」

言葉を濁《にご》した駿一郎は、きっと思いつきを口にしただけで、泊まるかという問いに深い意味などなかったのだろう。

シン……と静かになり、海翔は握っていた布巾を手放してなんとか笑みを浮かべた。

「ばあちゃんのこと、気になるし……また明日、来ていい？」

そんな言葉で、「泊まっていくか」という誘いを改めて断った海翔に、駿一郎は表情を変えることなくうなずいた。

「それは、もちろん。……門まで見送ろう」

「うん」

見送ってくれるという言葉には甘えることにして、居間に置いてあった通学用のバッグを取りに行く。

玄関を出ると、いつもより遅い時間の庭はやけに静まり返っているように感じた。夜空に月がないせいで、なおのこと視界が暗いのかもしれない。

「あ……猫がいないから、静かなのかな。遅くなったご飯をリキは大歓迎してくれたけど、猫たちは出てきてくれなかったんだよなぁ」

「他所《よそ》で、晩飯にありついているのかもな」

「……かも」

毎日、同じ猫がやってくるわけではないのだ。いつもの時間に食事が用意されなかったことで、ここ以外のところで食事を済ませている可能性は確かにある。

猫は自由気ままだ……と苦笑して歩き出すと、声や足音を聞きつけたのかリキが走ってきた。犬は義理堅い。

またな、と笑いかけながら尻尾を振るリキの頭を撫でて庭の半ばまで来ると、植え込みが揺れて猫が姿を現す。

「噂《うわさ》をしたら……って本当なのかもな。カリカリフードを、一応いつもの場所に置いてあるけど……ッ」

遅い食事にやってきたのかと猫に話しかけた海翔だったが、外灯に照らされた姿を目に映した瞬間、ビクッと身体を硬直させてしまった。

黒猫ならいい。三毛猫も白猫も歓迎だ。

でも……駿一郎と一緒にいる今、コイツとだけは遭遇したくなかった！

「ち、茶トラ……」

短いつぶやきは、無様に上擦《うわず》ってしまう。

もしこちらに向かってきたら、即座に逃げられるよう態勢を整えなければならないので、目を離せない。

全身にビリビリと緊張を張り巡らせる海翔をよそに、駿一郎は「あれ？」と、その場でしゃがみ込んだ。

「おまえ、久し振りだな。最近は全然来ないから、どこかで飼われたのかと……って、アイツとはちょっと違うか？」

もしかしてこの茶トラ猫を、少し前まで毎晩のようにここを訪れていた『トラ猫海翔』だと思ったのだろうか。

言葉を切った駿一郎は、当然のように手を伸ばしてトラ猫の頭を撫でようとしたけれど、するりと身をかわされている。

駿一郎の足元をすり抜けた茶トラ猫は、なにを思ったのか進路を硬直する海翔のほうへと向けてきた。

キラリと、妙に瞳が輝いたように見えたのは……たまたま、外灯の光を反射しただけだろうか。

小声で「にゃぁん」と鳴いた茶トラ猫は、じわじわ追いつめるかのように海翔に近づいてきて……。

「来るな……来るなよ？　ッ、わぁ！」

祈りに似た思いで「来るな」と繰り返す海翔を嘲笑《あざわら》うかのように、見事なトラ模様の尻尾を立てて足元に身体をすり寄せてきた。

みっともない悲鳴は、幸か不幸かほとんど声にならなかった。叫び切る前に、声帯が変化したせいで……。

「みゃぁぁぁあ！　にゃぉぉぅ」

〈ぎゃあああぁ！　やっちまった〉

海翔の悲鳴……鳴き声に驚いたのか、茶トラ猫はさっと身を翻《ひるがえ》して走り去っていった。後には、視界の高さから確実に『変化』してしまっているだろう海翔と、『トラ猫海翔』を見慣れているせいで嬉しそうに尻尾を振っているリキ、地面に落ちた海翔の抜け殻……制服とバッグ、靴が残された。

非現実的な事態を目の当たりにしてしまったはずの駿一郎は、無言だ。驚愕《きょうがく》の声を上げるでもなく、逃げ出すでもなく……どんな顔をしているのだろう。

気味悪がられていても当然で、現実から乖離した出来事に放心している……とか？

ドクドク激しい動悸を感じながらそろりと顔を上げた海翔の視界に、思いがけない近さで駿一郎の顔が映った。

「にゃ！」

〈ビビった！〉

近いのは道理で、しゃがみ込んでまじまじと海翔を見下ろしているのだ。

そそくさと逃げ出してしまえばいいのだろうが、あまりのことに海翔こそ恐慌《きょうこう》状態に

陥っているせいか、脚が動かない。

背中を丸め、全身の毛を逆立ててフリーズした状態で、小さな三角形の耳だけがピクピクと震えている。

駿一郎は、表情を変えることなく真剣な眼差しで凝視している。

視線は、射貫《いぬ》くような熱量だ。穴が空くほど見るという比喩は、このことかと思うほどジーッと見つめられて……沈黙が怖い。

そんな息苦しいほどの膠着《こうちゃく》状態は、どれくらい続いただろうか。海翔の感覚では恐ろしく長かったけれど、実際はほんの数分だったかもしれない。

「……海翔?」

駿一郎がぽつりとつぶやき、そろりと手を伸ばしてくる。

もう少しで頭に触れる……という位置で一旦手を止め、思い切ったように頭上にポンと乗せてきた。

「この毛並み、触り心地……抱き心地も」

「みぎゃっ!」

〈なにぃっ!〉

最後の言葉は、トラ猫の海翔を両手で抱き上げるのと同時だった。腕の中に抱かれた海翔は、一言発したきり声もなく身を震わせる。

なんなんだ？　なにを考えている？　目の前で、人が……海翔が猫に変わったのだから、普通はもっと驚くだろう。

それとも、あまりにも非現実的な光景を見せつけられたせいで、思考回路がショートしてしまったのだろうか。

海翔が人間なら、だらだらと冷や汗を流しているに違いない。今の状態では、ぬいぐるみにでもなった気分で身を固くすることしかできないのだが。

「トラ猫……海翔……うん」

なにが「うん」なのか、一言零した駿一郎はトラ猫の海翔を腕に抱いたまま身を屈めて海翔の制服やバッグ、靴を拾い上げる。

すたすたと家に向かって歩き出した駿一郎の腕の中から、逃げ出すことは……できなかった。

《六》

駿一郎の私室は、一時期トラ猫姿で通い詰めていたこともあり、『猫の視線』で見るのにはすっかり慣れている。

無言の駿一郎はここまで抱いて運んだ海翔を畳に下ろすと、バッグを壁に立てかけて制服をハンガーに吊るした。

残る下着と靴下を手に、なにやら考え込んでいる。

「にゃ！　にゃおおぅ」

〈パンツ！　放っておいていいいっ〉

慌てた海翔は、バシッと所謂《いわゆる》猫パンチを繰り出して駿一郎の手からパンツを叩き落とした。後ろ脚で蹴散らそうとしたけれど、それより早く駿一郎の手が拾い上げてしまう。

「ニャー！」

〈捨てとけ！〉

駿一郎は無言なのに、一人で騒いでいる海翔をチラリと横目で見遣る。

少しだけ、笑った……？

表情が変わったように感じたのは一瞬で、海翔から顔を背けると畳の上にパンツと靴下を丁寧に並べて置く。

海翔の服など、それほど丁寧な扱いをしてもらうようなものではないのだが、なにかと生真面目な駿一郎らしい。

「さて」

一言つぶやいて振り返り、畳にどっかりと胡坐《あぐら》をかいた。神妙に座っているトラ猫の海翔と視線を絡ませて、ボソッと口を開く。

「海翔だよな」

「……にゃ」

そうだよ、と答えたつもりだけれど、今の海翔の口から出たのはなんの変哲もない猫の鳴き声だ。

それでも駿一郎は、カリカリと自分の頭を掻いて大きく息をつくと言葉を続けた。

「返事をしたってことは、やっぱり海翔か。まぁ、目の前で変身されたからな。……俺の言葉はわかるが、そっちが人間の言葉をしゃべることはできない、って認識でいいか？」

「にゃぅう」

〈合ってる〉

今度も海翔の返事を明確に理解してくれたらしく、真顔で「そうか」とうなずいて腕組みをした。

そのまま海翔から目を逸らすことなく、しばし思案に暮れていたが……。

「聞きたいことばかりだが、この状態ではなにもわからん。とりあえず……ずっとこのままではないんだよな？」

トラ猫海翔の鼻先を指差して、このままではないだろうと問いかけてくる。海翔は首を上下させて、答えた。

「にゃお」

〈うん〉

「じゃ、元に戻るのを待つか。どれくらいかかる？」

質問に海翔が答えたとしても、今の海翔の言葉を駿一郎はわからないのでは。そう思いつつ、一応言い返してみる。

「うにゃあぁ、……にゃぉん」

〈朝になったら、戻る……はずだけど〉

案の定、駿一郎には理解できなかったようだ。難しい顔で首を捻り、室内に視線を泳がせる。

なにを見つけたのか、「そうだ」とつぶやいて腰を浮かせると、ベッドの枕元に置いてあった目覚まし時計を突き出してきた。デジタルのものではなく、昔懐かしいベルがついているアナログの時計だ。

「何時くらいだ？」

「……にゃ」

右の前脚を伸ばした海翔は、数字の『5』のあたりをカリッと引っ掻いた。初夏の今の時季だと、これくらいの時間に夜明けを迎えるはずだ。

今は猫の手……前脚となった海翔の手先をじっと見ていた駿一郎は、小さくうなずいて『5』の数字を正確に指差した。

「なるほど。朝には戻るんだな。じゃあ……ひと眠りするか」

「にっ、ぎにゃっ！」

〈うわっ、なにぃ？〉

脇の下に手を入れられて、ひょいと持ち上げられる。

なにごとだと目を白黒させていると、駿一郎はトラ猫の海翔を抱いたままベッドに乗り上がった。

「猫と一緒に、寝てみたかったんだ」

「ニャー、にゃぉう」

〈猫だけど、猫じゃねー〉

駿一郎も、このトラ猫が普通の猫ではなく中身は海翔だとわかっているのに、なにを考えている？

外見が猫で猫語しかしゃべれないのだから、正体が海翔だという認識が乏《とぼ》しいのかもしれない。

ジタバタと四肢をバタつかせたけれど、万が一爪を出して駿一郎を引っ掻いてしまったらいけないと遠慮しているせいで、全力で暴れられない。

海翔の控えめな抵抗を、駿一郎は勝手に解釈したらしい。ポンポンと背中を軽く叩き、宥める口調でつぶやく。

「安心しろ。寝相はいいほうだ」

「みゃおっ、ニャッ！」

〈そういう問題じゃない！〉

駿一郎は、海翔の抗議を無視して電気を消すと、ゴロリと横になって薄い肌掛け布団を被った。

腕に抱かれたままの海翔は……動けない。

しばらく硬直していたけれど、駿一郎の手にそっと撫でられていると心地よくて意識がとろりと霞んできた。

「おまえは、あたたかいな。……ホッとする」

「……にゃ」

〈……うん〉

夕方からずっと緊張していたせいか、老婦人が無事だと聞かされたこともあって唐突に眠気が襲ってきた。

駿一郎も……同じだろうか。張りつめていた気が、海翔を……『猫』を抱くことで、和らいだ？

それなら、海翔は猫でよかった。

きっと駿一郎は、人間の海翔にはこんなふうに癒しを求めるように抱きついてこないだろうから……。

庭で遭遇した茶トラ猫を思い浮かべ、心の中で「ごめん」と謝った。

駿一郎の前で変化するきっかけとなったことを恨みがましく思っていたけれど、おかげで駿一郎が、海翔であって海翔ではない『トラ猫海翔』にぬくもりを求めてくれる。

目の前にある駿一郎の首筋に鼻先を寄せてざらりと舐めると、半ば眠りに落ちつつある声が返ってきた。

「ふ……、くすぐってぇ」

「に、にゃ」

〈ごめん、つい〉

おれはなにをやっているんだと耳を伏せた海翔は、駿一郎の腕の中で収まりどころのいい場所を探し、身体の力を抜く。

ドキドキする。でも、それ以上に心の中がポカポカする。

もっと、ぬくもりをあげたいな……と身を寄り添わせて、ゆっくりと瞼を閉じた。

そっか。やっぱりおれは、この人が好きなんだなぁ……。

なんとなく気がついていながら目を逸らしていた想いを、驚くほど自然に認めて、心地いい眠りに身を委ねた。


「海翔。おい、海翔。……起きろ」

「う……ん」

ゆさゆさと、身体を揺すられている。何度も名前を呼ぶのは、低い……駿一郎の声？

ビクッと肩を震わせた海翔は、「え？」と目を見開いた。

見覚えのない天井と、照明器具。そして、「おはよう」と視界に入り込んできた、端整な男の顔。

「うわっ！　なんでっ」

寝惚けていた脳が、瞬時に覚醒した。と同時に、パニックに陥る。

どこだ、ここ。どうして、駿一郎が海翔の顔を覗き込んでいる……？

「起きたなら、服を着ろ。朝から目に毒だ」

「えっ、服？　なんで？」

シャツと下着を差し出されて、自分が一糸まとわぬ姿でベッドに横たわっていることに気がついた。

「ありがと、ごめ……ん」

海翔がシャツと下着を受け取ると、駿一郎はベッドに背を向けて畳に座り込む。

せっかくの爽やかな朝なのに、同性の全裸など、見苦しくて見ていられないのだろう。

身体を起こしてのろのろとシャツに袖を通していると、すべての「なんで」の答えとなる記憶がよみがえってきた。

そうだった。老婦人が倒れ、病院に付き添った駿一郎の帰宅を待っていたことで深夜となり、帰ろうとしたところで庭でトラ猫にすり寄られて……門まで送ろうとしてくれた駿一郎の目前で、うっかり猫に変化してしまったのだった。

化け物扱いされて追い出されても仕方がなかったと思うし、見て見ぬ振りで背中を向けられたとしても責められない。

それなのに駿一郎は、海翔がトラ猫に変わったことを現実として受け止めてくれた。更に自室に入れてくれて、ともに寝ようと海翔を抱いてベッドに横になったのだ。

はじめは緊張していたけれど駿一郎の腕の中があまりにも心地よくて、抱かれたまま図々しくベッドで眠り込んでいたようだ。

障子が開け放された窓からは、眩しい朝陽が差し込んでいる。今回も無事に人間に戻れたと再認識して、安堵の息をつく。

「着たか？」

「うん。見苦しくて、ごめん」

「……見苦しいとは言っていない」

振り向いた駿一郎は、海翔と視線を合わせてホッとしたように表情を緩めた。ほんのわずかなものとはいえ、珍しい表情の変化に目をしばたたかせる。

海翔にもわかるほど頬を緩ませたのは一瞬で、すぐに顔を引き締めて尋ねてきた。

「昨夜、非現実的な現象を目の当たりにしたんだが……憶えているな？」

「うん。えっと、驚かせてごめん。泊めてくれて、ありがと」

アレは夢だった、気のせいだと誤魔化すのには無理がある。素直にうなずくと、駿一郎は大真面目な顔で質問を重ねてきた。

「確かにとんでもなく驚いたが、謝ることではない。おまえは、身に起きた異常事態の理由がわかっているのか？」

トラ猫に変化する、理由。

改めて問われると、海翔に言えるのは……。

「んー……たぶん、だけど」

そんな、曖昧な一言だ。理由らしきものに心当たりがないわけではないが、これだと断言することはできない。

それでも、唐突に目の前で人間から猫に変化された駿一郎にしてみれば、欠片《かけら》であっても理屈を知りたいに違いない。

「話してくれ」

真剣な目で見つめられて、こくんと喉を鳴らした。

うわ言のように祖父が語った『虎の因縁』については、これまで誰にも話したことはない。

「信じられない話だと思うけど……」

「現実とは思い難いものを、既に目の前で見ているんだ。どんな話だろうが、信じるしかないだろう」

駿一郎は、海翔が荒唐無稽《こうとうむけい》なことを語っても「おとぎ話か」と嘲笑したりしないとわかっている。どんな話でも信じるという言葉も、駿一郎の口から出たものだから海翔こそ信じられる。

「わかった。じゃあ話す」

コクンとうなずいた海翔は、姿勢を正して駿一郎と向かい合う。

どう話し出せばいいのか迷い、最初の一言を発するまで時間がかかったけれど、駿一郎は急かすことなく待ってくれていた。


海翔から遡《さかのぼ》ること数代前の海翔のご先祖は、かつて大陸に出征した兵の一人だったらしい。

戦は激烈で、野を越え山を越え……幾日も道なき道を軍行し、いつどこから現れるとも知れない敵と戦った。

そんな過酷な山行を続けていたある日、ご先祖は親とはぐれた一匹の虎の子を拾った。

怪我の手当てをし、わずかな食糧を分け与え……無事に親が現れて引き渡すまでの数日間、保護をした。

成長すれば獰猛《どうもう》な虎とはいえ、過酷な戦場で出会った無垢な幼獣は幾ばくかの癒しとなったのだろう。

ところが、ご先祖が助けた虎の子はただの虎の子ではなく、その親は現地で霊獣と呼ばれる徳の高い存在だった。

子を保護した礼として、『虎の能力』を授けられたご先祖は、無事に戦火を潜り抜けて帰還を果たした。

ただし、男子に引き継がれる『虎の能力』は、平和な時代では加護ではなく無用の長物でしかない。

ご先祖から引き継ぐ『虎の能力』から逃れるには、十八になるまで虎に咬まれなければいい……らしい。

かつての霊獣が引き金となるのだから、十八までに縁を断ち切れば生涯『虎の能力』が発動せずに済む。

「って、じいちゃんが言い出した時は耄碌《もうろく》しちゃったのかと啞然《あぜん》として、聞き流してたんだけど……この半年くらい、やたらと虎関係のものを引き寄せることに気づいたんだ」

街を歩いていても、テレビを観ていても、奇妙なほど虎関係のものに縁がある。

ただ、現代日本で『虎に咬まれる』ことなどまずないのだからと、浮かびかけていた「まさか」を打ち消していた。

「まさか……虎は虎でも、トラ猫に咬まれるのもアウトだなんて、聞いてない。加護っていうより、これじゃ呪いだろ」

しょんぼりと肩を落として、力なくつぶやく。

どう考えても、公園で頭上から降ってきたトラ猫に咬まれたことが、引き金となっているのだ。

それより前、植物園で同じく頭上から降ってきたトラ猫に引っ掻かれた時はどうにもならなかったのに、「引っ掻かれる」ことと「咬まれる」ことに、これほどの違いがあるとは……。

「引き金が、トラ猫に咬まれたことで……変化のスイッチは、接触か？　で、朝陽を浴びれば人間に戻る？」

「ってことだと思う。今までは、そうだったから。……駿一郎さん、本当に信じてくれるんだね」

真顔で最後まで話を聞いてくれた駿一郎は、かすかに眉根を寄せて思案の表情を浮かべると、簡潔に現在の海翔の状態を口にする。

自分でも、使い古されたネタのファンタジー映画みたいだと思った海翔の話を、微塵も疑っていない様子だ。

「信じると言っただろう。それより、おまえはどうしてそんなに落ち着いていられる？　一大事だ。身体に悪影響はないのか？」

珍しく強い口調で言いながら両手で肩を摑まれて、天井付近に視線をさ迷わせた。

影響は、特になさそうだ。人間に戻った時に爪が伸びているとか、髪や体毛が虎柄になったということもない。

「えーと、今のところ特に問題はないし……どうしようもないから、とりあえず自然に任せてみようかと」

へらりと笑って見せると、駿一郎はギュッと眉を顰めて険しい表情になった。

本気で身を案じてくれているらしい駿一郎に、海翔も茶化してはダメだと笑いを引っ込める。

「……大らかなのは結構だが、今後なにかしらの影響が身体に出ないとも限らないだろう。戻る……なにか、方法らしきものは？　お祖父さんは、その話のついでにヒントを残さなかったのか？　だって、その……大陸で虎の加護を得たという先祖は、普通の人間として余生を送ったのだろう？　ただの人間に戻る方法があるはずだ」

「ヒント？」

そう言われてみれば、そうか。大昔でも、虎人間など大騒ぎになっただろうし……こうして子孫が無事に残せたということは、海翔にしてみれば『虎の呪い』を解く方法があっても不思議ではない。

二年も前のことだし、うわ言のようなものだと聞き流してしまったので、祖父の語ったことを細部までしっかり記憶に留めているわけではない。

ただ、十八までに虎に咬まれるな……と。

「あ。そういえば、なんか言ってた。んー……っと」

十八までに虎に咬まれた場合、『虎の加護』というか『呪い』から逃れるには、一つだけ方法がある……だったか。

「完全じゃなくてもいいから、思い出せ」

海翔の肩を摑む駿一郎の両手に、グッと力が込められる。

クールなようでいて、意外と面倒見のいい人だったらしい。

怖いくらい真剣な顔で、海翔のために一生懸命になってくれている駿一郎に、そんな場合ではないとわかっていてもドキドキした。

「うー……」

なんだったか、異形でも変わらない慈愛？　とか？

愛の証が？

「……思い出せない」

唸《うな》りながら首を捻っていた海翔が白旗を上げると、駿一郎は特大のため息をついた。

痛いくらいの力で摑まれていた肩から、大きな手が離れていく。

「思い出したら教えてくれ。それまで、どうにか戻る方法がないか探してみよう。うっかりトラ猫と接触して変化するたびに、朝陽が出るまで待つのは不安だろう。一刻も早く、戻れたほうがいいに決まっている」

「う、うん」

一人で抱えていた秘密を、これほど呆気なく打ち明けることができたことも不思議だし……駿一郎が、すんなり受け止めてくれたことも予想外だった。

しかも、『虎の呪い』を解く方法を一緒に模索してくれるらしい。

大真面目な駿一郎に、曖昧な『愛がナントカ』という祖父の言葉を伝えることはできなかった。

真剣な検証に水を差すようだし、海翔自身も記憶があやふやなのだ。

「とりあえず、リキの散歩だな。朝飯と……着替えやらを持ってばあさんのところに顔を出すつもりだが、一緒に行くか？」

「いいのっ？」

身内ではない海翔が、図々しく押しかけては迷惑なのでは……と考えて、病院に行きたいと言い出すことはできなかった。なのに、駿一郎から誘いかけてくれたことで、目を輝かせて身を乗り出す。

「ああ。昨夜、俺が帰る時にはぽつぽつ話せたからな。個室から一般病棟に移れてはいなくても、会うことはできるはずだ」

「行きたい。会いたい」

「……まずは、朝飯だ。晩飯が握り飯だけだったせいか、腹の虫がグーグー騒いでるぞ。若いな」

懇願しながら詰め寄る海翔に、駿一郎は苦笑を浮かべて頭に手を乗せてくる。

髪に触れる手つきは、トラ猫だった時に頭を撫でてくれたものと同じで……胸の奥が、ギュッと甘苦しくなる。

無言でうなずいた海翔は、いろんな意味を込めて「ありがと」とつぶやいた。

駿一郎はなにも言わなかったけれど、もう一度くしゃくしゃと髪を撫で回してくれて、海翔は頬が緩んでしまわないようにこっそりと奥歯を噛み締めた。

《七》

場所は、実家のように馴染みのある樋垣家の居間。

この後に支障がないように、夕食を済ませて風呂にも入り、パジャマを着用。あとは、寝るだけの状態だ。

「……いたぞ」

座布団に正座した海翔は、庭から戻ってきた駿一郎をパッと見上げた。その腕に抱かれているのは、すっかり見慣れた茶トラ模様の猫だ。

今夜も猫用のおやつで釣られたのか、もぐもぐと口を動かしている。最近コイツの恰幅《かっぷく》がよくなった気がするのは、これが原因かもしれない。

「いいか?」

「ち、ちょっと待って」

屈んだ駿一郎が海翔の膝にトラ猫を置こうとして、慌てて飛び退く。

まだ、心の準備ができていない。

「駿一郎さん、おれがまた変化しても、気にせず放っておいていいから。座布団を貸してくれたら、そこで寝るし」

今夜こそは、『トラ猫海翔』を自分のベッドに連れ込む、という気を遣ってくれなくてもいい。そう伝えておこうと、決めていた。駿一郎に抱かれて眠るのが嫌なわけではなく、逆の理由でできれば避けたい。

駿一郎は、毎度腕に抱いた猫が「ドキドキしすぎて死ぬ」と自分を意識しているなど、疑ってもいないだろうけど。

海翔の台詞に、駿一郎は切れ長の目に懸念の色を浮かべて見下ろしてくる。

「……風邪をひくんじゃないか？」

「おれ、バカだから風邪をひかない」

迷信にかけて堂々と言い放った「バカ」というのは自慢できることではないが、実際に丈夫なのが取り柄だ。

それに、座布団の上で眠ることができるサイズの海翔には、天然の被毛という強い味方が存在する。

「……わかった。もういいか」

首を上下させた駿一郎は、トラ猫の脇の下に手を入れて海翔に向ける。

頭や背中は見事なトラ模様なのだが、腹の部分は白い毛に覆われていて見るからにやわらかそうだ。

「う、うん。よろしく」
正座した膝に置いていた拳を身体の脇に下ろして、少しずつ近づいてくるトラ猫を見つめる。
ようだ。褒めるなら、度胸が据《す》わっているというべきか。
実験につき合わされるトラ猫は、どうでもよさそうにだらりと四肢から力を抜いている
っているのかもしれない。
これまでの経験で、自身に危険が及ばないことをわかっているから、されるがままにな
「うぅぅ」

りを感じたのは一瞬で、すぐさま身体が縮むのがわかる。

逃げ出したくなるのを堪えて、ギュッと目を閉じて身体を固くした。膝に重みとぬくも
頭上から、心配そうな声が降ってきた。

「大丈夫か?」

「うにゃぉ」

〈平気だって〉

こうして、夜の実験につき合ってくれるようになって十日ほども経つのに、駿一郎は毎回不安を滲ませて尋ねてくる。

最初は激しい眩暈に襲われていたけれど、身体が変化に慣れたのか、今ではすんなり人

間とトラ猫の状態を行き来することができるようになった。

今となっては、箪笥《たんす》の上に飛び乗ったり木に登ったり、人間では無理な動きを楽しむ余裕もある。

「さて、今夜はどうするか……」

海翔をトラ猫に変化させた茶トラ猫は、人間だった海翔が自分と同じ姿になってもどうでもよさそうに、大きなあくびをしている。

駿一郎が茶トラ猫を指先で呼び寄せて、海翔と並べた。

「海翔のほうが小柄だな。毛並みと手触りは……海翔に軍配が上がる」

見比べ、触り比べて、独りごつ。

耳の後ろから喉元にかけてを指の腹でくすぐられ、無意識に目を細めた。

「好む場所は、猫と変わらないか」

「にゃぅ」

〈悪くはない〉

駿一郎の手は、心地いい。大きくて無骨な印象があるのに、触れられると安心する。

海翔だけでなく、隣の茶トラ猫もゴロゴロと喉を鳴らしていた。

ただ、本物の猫は気まぐれで、数分もしないうちにもういいとばかりに駿一郎の手から逃れて窓の隙間から庭に出ていってしまう。

「逃げられた。……海翔がいるから、まぁいい」

茶トラ猫の後ろ姿を見送った駿一郎は、窓を見ていた目を海翔に戻してジッと見つめてくる。

なにが、まぁいい？　と首を傾げた海翔に、当然のように両手を伸ばしてきた。

「にぎゃっ」

〈なんだよっ〉

予告なくひょいと抱き上げられて、抗議の声を上げる。言葉の意味はわからなくても抗議の意は伝わっているはずなのに、駿一郎は素知らぬ顔だ。

海翔を腕に抱いたまま無言でパジャマや下着を拾うと、大股で廊下を歩いて自室へと向かった。

「にゃ、にゃぉ……ッ」

〈座布団で寝るからいい、って言ったのにっ〉

当然のように、海翔を連れてベッドに入る駿一郎の胸元に爪を立てて、居間に放置してくれていいと伝える。

「観察の一部だ。夜明けの、どの時点で戻るか……正確に知りたい。空が白んできたら、なのか天文学的な夜明けの時刻なのか、朝陽の光を浴びなければならないのか。雨天で陽が出なければ、どうなんだろうな」

「ニャー……」

〈た、確かに〉

理路整然と駿一郎が語ったことは、知っておいたほうがよさそうなものばかりだ。

今のところ、人間に戻るには朝になるのを待つしかないということだけが確かで、海翔は駿一郎ほど細かく考えていなかった。

「本当は、朝陽など関係なく戻る方法がわかれば一番いいが。うっかり、学校でトラ猫に飛びかかられたりしたら……なぁ」

「うにぃぃぃ」

〈怖いこと言うなぁ〉

けれど、絶対にない……とは言い切れない。智希の前でトラ猫に変化する自分を想像して、ぶるっと身体を震わせた。

あいつなら、都合よく目の錯覚だと受け流して……くれるわけがない。どんな反応が返ってくるか、予想もつかないのが怖い。

「できるだけ早く、虎の加護？　呪い？　……今となっては余計なお世話を解く方法が、見つかればいいな」

「にゃあ」

小声で同意すると、駿一郎の胸元に顔を埋めて身を寄り添わせた。

この状況は、駿一郎を好きだと自覚した海翔にとってこの上なく好都合なものだ。でも、だから甘えてはいけないとも思う。

意外なくらい面倒見のいい駿一郎にとっては、弟のような存在の世話をしているようなもので……下手したら、リキや庭に来る猫たちと同列扱いの可能性さえある。

こうして同じベッドで眠ることも、海翔だけが意識して落ち着かない気分になっている。

「海翔？　すまん、余計なことを言ったか。……怖がらせるつもりはなかったんだが」

「にゃぉん」

〈駿一郎さんは悪くない〉

宥める仕草で背中を撫でられて、爪を出さないよう気をつけながら胸元に前脚の肉球を押しつける。

「くすぐったいぞ」

駿一郎が笑みを含む声でそう零すと、耳のあたりの毛がふわっと揺れる。

海翔が反射的にピクッと耳を震わせたことで、すぐに離れていったけれど……今のはもしかして、キス……とか。

トクトクと、心臓が鼓動を速めるのを感じる。もし、今の海翔が人間なら顔だけでなく首や胸元まで真っ赤になっている。

耳の奥に動悸を感じながら、諦《あきら》めに似た心情も湧いてきた。

猫……だもんな。

男子高校生ではなく、猫だと思えばこうして抱き締めることにもキスにも、躊躇いなどないだろう。

嬉しがって、変な期待をしてはいけない。だって、猫なのだから。

目を閉じた海翔は、そう繰り返し自分に言い聞かせながら駿一郎の胸元に頭を押しつけた。

□　□　□

学校帰りに、仕事帰りの駿一郎と待ち合わせをすると、老婦人が入院している病院に寄って樋垣の家に帰宅した。

「ばあちゃん、顔色もよくなったし……よかった」

入院して以来、三日に一度の割合で顔を見に行っているが、高校生の海翔でも快方に向かっていることはわかる。

倒れた時、真っ白な顔色だったことを知っているだけに、頬に血の気が差している姿を見ると安心する。

ファスナー付きのポケットから玄関の鍵を取り出しながら、駿一郎が相づちを打った。

「ああ。心臓の状態も、悪くはなっていないようだ。年齢のこともあるから、負担のかかる手術をするよりも、薬で様子を見たほうがいいってことだし……来月中には退院だな」

駿一郎の口から出た言葉に、心底ホッとする。身内である駿一郎がそう言うのだから、間違いないだろう。

「あ、先にリキの散歩に……」

靴を脱いで家に上がり込む前に、リキを散歩に連れていったほうがいいかもしれないと口にしかけた。

海翔の言葉は、背後から聞こえてきた「ぅおん！」というリキの声で、中途半端に途切れる。

「ははっ、返事かな。駿一郎さん、リキを散歩に連れていってくる」

「ああ、待て。俺も一緒に行く。ついでにどこかで、晩飯を調達して帰ろう」

うなずいた海翔は、バッグを玄関先に置いてリキの散歩用リードを手に持つ。

病院からの帰宅途中に外食をするかと誘われたけれど、リキが帰りを待っていると思えばゆっくり食事などできそうになくて、真っ直ぐ帰ってきたのだ。

コンビニエンスストアで弁当か、テイクアウトの牛丼か……と話しながら、夕暮れの街を二人と一匹で歩く。

「で、智希がクレーンゲームで蛇のぬいぐるみを取って彼女にあげたら、妹にはパンダであたしには蛇？　ってマジギレされてた」

「それは……友人がマズイな」

「でもさー、どっちにしてもゲーセンの景品なんかいらないって言うだろうし……」

駿一郎は口数が少ないので、ほとんど海翔がしゃべることになる。うるさいと思われていないかと、こっそり窺った駿一郎の横顔にはかすかな笑みが浮かんでいて、ふっと肩の力を抜いた。

「どうする？」

コンビニエンスストアとファストフード店、牛丼チェーン店とついでにピザの専門店まで軒を並べる駅前の通りで、夕飯の選択を迫られる。

ピザやバーガーは、昼飯で食べたい。祖父母に育てられた海翔は、夜はやっぱり米だろうという持論を持っている。

「んー……山牛《やまぎゅう》の、すき焼き丼」

「わかった。買ってくるから、リキとここで待ってろ」

駿一郎は海翔とリキの頭を左右の手で撫でると、海翔が指差した牛丼屋に向かう。

いってらっしゃい、と手を振って駿一郎を見送り、通行の邪魔にならないよう歩道の端に寄る。

大きく息をつきながら、しゃがみ込んでリキと顔を見合わせた。

「駿一郎さん、あんなにスキンシップが激しい人だったっけ。おまえら犬や猫と、同じ扱いってだけかな」

海翔が『トラ猫』に変化することを知っているから、たまに人間の時も印象が重なって見えるのかもしれない。

「人の気も知らないでさ」

気軽に頭を撫で回されるたびに、海翔がとんでもなくドキドキしているなどと、想像もしていないに違いない。

嘆息した海翔の鼻の頭を、リキがペロリと舐めた。

「わっ、……慰めてるつもりか？」

尻尾を振って海翔を見ているリキは、まるで「元気を出せ」と言っているみたいだ。

もともとリキとは仲良しだったと思うが、海翔が『トラ猫』として小屋に泊めてもらったり、いろいろ世話になっているうちに『助けてやらなければならない弟分』として認識されている気がする。

「……ありがと」

人として情けない気がしなくもないが、心優しくて頼りになるリキの首にギュッと抱きついて礼を告げた。

「お待たせ。なにやってんだ？」

「ラブラブしてるだけ」

駿一郎の声に、顔を上げる。牛丼店のテイクアウト用のビニール袋を手にした駿一郎が怪訝そうな顔で海翔とリキを見ていて、ぽつりと答えた。

「それは構わんが、往来ではよせ。……帰るぞ」

冗談……かと思えば、大真面目な顔だ。往来で海翔とリキがラブラブしていたところで、問題があると思えないのだが。

「ふっ……駿一郎さん、たまにめちゃくちゃ面白いよな」

「……そうか？」

つい笑った海翔に、本気で不思議そうな表情で首を傾げるから、更に笑みを深くする。

しゃがんでいた膝を伸ばすと、駿一郎と肩を並べた。

「腹減った」

「少し早足で帰るか。いいな、リキ」

真顔でリキの名前を呼ぶと、リキは「了解」とでも言っているかのように大きく尻尾を振っている。

リキと海翔の頭に軽く手を置いた駿一郎は、「行くか」と歩き始めた。

また、リキと『同じ』扱いだ……と唇を尖らせた海翔は、心臓が高鳴るのを隠して小走りで駿一郎の後を追いかけた。

ストライドの大きな駿一郎が、海翔を振り向くことなくマイペースで歩いてくれていて、よかった。うっかり振り向かれてしまったら、「なんで顔が赤いんだ？」と疑問を持たれたに違いない。

訊《き》かれても、上手く答えられる自信はなかったから、大きな手と同じくらい好きなパーツである広い背中を存分に見つめて歩くことができて幸いだった。

《八》

「週の半分はここに泊まっているが、家のほうは大丈夫なのか？」

「うん……父親も、ほとんど帰ってこないし。あっちはあっちで、よろしくやってるんじゃないかなぁ」

樋垣の家に泊まり、直接学校へ行く。もしくは、早朝に一度マンションへ帰って通学の準備を整えて学校に行き、放課後はここに戻ってくる。

そんな海翔を気遣ってくれる駿一郎に答える言葉は、いつも同じだ。

着替え用の私服をいくつか置かせてもらっていることもあり、まるで別宅のようになっている。海翔の意識的には、自宅マンションより樋垣の家が落ち着くので、あちらが別宅なのだが。

二人ともパジャマに着替えて就寝準備を整えれば、『恒例の実験』の始まりだ。

今夜も、重要な役目を果たしてくれる茶トラ猫を捕まえに庭に出ていった駿一郎を待っていたが、五分……十分が経過しても戻ってこない。

「なにやってんだろ」

そわそわしながら時計を見ていた海翔だが、とうとう我慢の限界が来て立ち上がった。

居間を出て、玄関とは逆方向に歩く。せっかく入浴をしたのに、一日中履いていた靴に素足を突っ込むのが嫌だったのだ。

幸いこの家は、玄関から出なくても庭を見渡すことができる。

「あ……いた」

縁側に出た海翔は、すぐ傍に立っている長身を目に留めて小さく息をつく。

あちらも海翔に気づいたらしく、縁側に歩み寄ってきた。右手には、猫のおやつを持っている。

「アイツが見当たらん。呼んでも来ないし」

「ちょっと、早い時間だからかなぁ。そのうち来るんじゃないの？」

海翔と駿一郎の声が聞こえたのか、茶トラ猫ではなくリキがやってきた。縁側に腰を下ろした海翔と駿一郎の足元に座り込み、こちらを見上げている。

「悪いが、これはおまえのじゃない。そんな目で見てもやらん」

「……あ、落ち込んだ」

駿一郎の言葉をどこまで理解しているのかは不明だけれど、右手に持っていた猫のおやつを背中に隠したと同時に尻尾の動きが止まる。

もういい、とばかりにその場に蹲ったリキの背中を見下ろして、くくっと笑った。

「犬は猫と違って、わかりやすいよな。猫の機嫌は、よくわかんないけど」

「俺は、ニャンニャン鳴いていても、おまえの言いたいことはなんとなくわかるようになったぞ」

「……中身が人間だからな」

噴き上がりそうになった喜びをグッと抑え込み、うつむいて淡々と言い返す。

思わせぶりな言い方をして、海翔をからかっているのではない。

駿一郎は常に大真面目で、頭に浮かんだことをそのまま口に出しているだけで……だから、罪作りだ。

「こんなふうに、茶トラ猫が現れるのを待つなんて変な気分。茶トラ猫のことを、疫病《やくびょう》神《がみ》みたいに思ってたんだよな」

猫の振りをして駿一郎の部屋に通っていたことを棚に上げて、茶トラ猫の存在を災《わざわ》い扱いしていたのだと苦笑する。

今も、昼間は細心の注意を払って道を歩いている。うっかり人前で茶トラ猫と接触して猫に変わってしまったら、大騒ぎになるに違いない。SNSで拡散される状況を想像するだけで、心臓が竦み上がる。

「疫病神とは、随分《ずいぶん》だな。まぁ、異常事態の引き金と考えれば、わからなくはないが」

「だってさ、頭の上に落ちてこられたのが二回目だったんだ。そっちから落ちてきたくせに、一回目は引っ掻かれて二回目は咬みつかれて……理不尽だと思わない？」

どちらも、偶然そこを通りかかっただけなのに……とんでもないとばっちりだ。

そう憤っていると、並んで縁側に座っている駿一郎が不意に手を伸ばしてきた。前髪を掻き上げて、海翔の顔というか額のあたりを見下ろしている。

「可愛い顔に傷が残らなくて、よかったな」

からかうでもなく、真面目な顔と口調だ。

智希たち友人に「可愛い」などと言われようものなら、「身長のことかっ」と怒るのだが、駿一郎の口から出ると……じわりと頬が熱くなる。

首を振って前髪を掻き上げている駿一郎の手から逃れると、動揺を誤魔化すべく早口で言い返した。

「……可愛いって、なんだ。っつーか……おれ、茶トラ猫に引っ掻かれたのがオデコだって言ったっけ？」

猫が降ってきたことは……話してある。本物の『虎』ではなく『茶トラ猫』に咬まれたせいで、身に異変が起きたのだろうというきっかけも、語った。

けれど……二度も頭上から猫が降ってきたことはたった今話したところで、一度目は額を引っ掻かれたということは、話した記憶はない。

「あれ？　なんで……？」

不思議になった海翔は、目をしばたたかせて駿一郎を見上げた。

夜空に浮かぶ月の明かりと、庭に設置してある外灯の光が届くおかげで、薄闇の中でも互いの顔をハッキリ目に映すことができる。

「わざとではないが、南部動植物園でおまえの頭に猫を落としたのは俺だからな。……気がついていなかったのか？」

「うええええっ？」

予想もしていなかったことを聞かされた海翔は、奇声を発しながら背中を反らした。

突然の大声に驚いたのか、丸くなって眠っていたリキがビクッと顔を上げる。

「ごめん、リキ。なんでもないっ。ってか、あれ、駿一郎さん？　トラ柄の絆創膏を貼ってくれた……？」

「持ち合わせが、親方の娘さんからもらったあれしかなかったんだ。気がついていながら、腹立たしいから触れないのだとばかり……」

「わかるかよっ。あんな、変な人……と同一人物だなんて」

首を横に振りながら、植物園で逢った男を思い浮かべる。

確かに、駿一郎と同じくらいの長身だったとは思う。キャップを目深に被っていたから、顔はあまりハッキリ見えなかったし、自慢にならないが一度逢っただけの人の顔を憶えていられるほど記憶力がよくない。

ダークグレーの作業服も、似ているかも……だが、造園やら剪定業を生業とする人にはよくある服装だろうと、まったく気に留めていなかった。

なにより。

「変な？　俺、なにかやらかしたか？」

「傷が残ったら、嫁に……とかナントカ、言ってただろ。初対面の、しかも男……だってわかってなかったのかもしれないけど、ワケのわからない冗談を言う変な人だ！　もしおれのデコに傷痕があったら、男のおれを嫁にする気だったのか？」

あんな変人と、生真面目な駿一郎が同一人物だなんて、本人に肯定されても信じ難い。

海翔の言葉に、駿一郎は「ああ」と思い出したようにうなずいた。

「猫が落ちる間接的な原因を作ったのは、俺だからな。冗談のつもりはなかったが。そうか。同性だと正式な婚姻を結ぶのは不可能だから、嫁という表現は正しくないな」

「……いや、問題はそこじゃない。初対面の、素性のわかんない相手なんだから、男だろうが女だろうがその責任の取り方はおかしいと思う」

微妙に嚙み合っていない気がするけれど、駿一郎は普段と変わらず真剣な顔をしている。

さすがに冗談だと思いたいが、……目が合った駿一郎は微塵も笑っていなかった。

「おかしいか？　ここで再会してすぐ、海翔の額を確認しただろう。万が一傷が残っていたら、結婚してくれと申し込むつもりだった」

「……駿一郎さんは、おれだってわかってたのか」

海翔は初対面だと思っていた日の、奇妙な行動の理由がわかった。前髪を掻き上げて、額の傷痕の有無を確認して……本当にプロポーズする気だった？

「おれ、男子高校生の制服姿だったけどな。なにより、好きでもない相手にそれは変だっ。軽々しくそんなこと言って……おれが本気にして、じゃあ嫁にしてくれとか言い出したらどうすんだよ。好きでもなんともないくせに、困るだろっ？」

頭に浮かぶままの言葉をぶつけた直後、グッと両手で口元を覆った。

しまった。勢い余って、妙な言い回しをしてしまった。

これではまるで、駿一郎に好かれていないことが不満だと言っているみたいだ。

夜の庭は静かで、海翔の言葉は一言一句漏れることなく駿一郎の耳まで届いただろう。

駿一郎の反応が怖くて、足元に視線を落とす。

「あ……ごめん、なんかおれこそ、変な言い回しになった。聞かなかったことにして。えっと、茶トラ猫のやつ今夜はもう来ないみたいだし、居間の隅で寝る……」

投げ出していた足を引き寄せると、膝を立てて縁側から立ち上がりかける。そうして駿一郎の前から逃げ出そうとしたのに、手首を摑んで引き留められた。

中途半端な体勢で動きを止めた海翔に、駿一郎は低く反論してきた。

「聞かなかったことになど、できるものか。どうしておまえが、好きでもないくせになどと決めつける。俺は、最初から海翔が可愛いと思っていたし……よく考えれば、一目惚れというやつか。好ましく思う心には、男だろうが女だろうが関係ない。名前も聞かなかったことを悔やんでいたが、ここの庭で再会した時は運命だと思った。とてつもなく動揺して、年甲斐もなく舞い上がっていた俺は、さぞおかしかっただろう」

海翔の手首を摑む指に力を込めて、普段の無口な駿一郎とは別人のように語る。

その彼らしくない様子は、それだけ海翔に対して一生懸命なのだということの証明のようで、途端に心臓が激しく脈打ち始めた。

ただ、黙って「そうだな」とはうなずけない。

「いやいやいやいやいや、全然わかんなかった。普通……より、冷静だったし、無表情だったし」

怖かった、とまで言ってしまったら落ち込ませてしまうだろうかと、ギリギリのところで吞み込む。

あの駿一郎のどこが、動揺していた？　舞い上がっていたと言われても、とてもじゃないがそうは見えなかった。

海翔が否定すると、駿一郎は眉根を寄せて声のトーンを落とす。

「っ……好意を伝えるのが下手だという自覚はある」

「猫とか犬を相手にする時は、そうでもないのに……。トラ猫に対する時の半分でも、人間のおれに話してくれていたら、もう少しわかりやす……」

あ、と慌てて口を閉じたけれど、後の祭りだ。

しまった。一時期、毎晩のように駿一郎の部屋を訪れていた茶トラ猫が、『トラ猫海翔』だったことは、内緒にしていたのに……。

駿一郎は、海翔が不自然に途切れさせた言葉の意味を図るように、難しい顔で黙り込んでいる。

しばらく無言で視線を泳がせていたけれど、チラリと海翔と目が合い……気まずそうに顔を背けた。

「まさかと思っていたが、やはりあのトラ猫は、おまえか。くそ……恥ずかしいな」

低く悪態をついた駿一郎の耳が、赤く染まっているのを見逃さなかった。

なに？　照れている？　大人で、冷静で……無表情で、なにがあっても動じることなどなさそうな駿一郎が。

カーッと首から上が熱くなり、海翔も釣られたように顔面に血が集まるのを感じる。

「は、恥ずかしくないっ。おれは、駿一郎さんの部屋で晩酌につき合うの嬉しかったし。おれがトラ猫に変わる……トラ猫の中身がおれだとわかっていながらベッドに連れ込まれるのも、照れくさかったけど嫌じゃなくて、むしろ……」

嬉しくて、ドキドキした。おれのほうこそ、駿一郎が好きなんだ……と、続けるつもりだった。

ささっと庭を横切った黒い影が、海翔の膝を目がけて飛びついてこなければ。

逃げる間もなく、アッと思った時には海翔の口から出る言葉は日本語……人間語ではないものに、変わっていた。

「にぎゃぁぁぁ！」

〈なんで今だぁぁ！〉

絶叫した海翔の目に映るのは、ふてぶてしい顔の茶トラ猫だ。駿一郎が縁側に置いていた猫のおやつを、むしゃむしゃと齧っている。

海翔の視線も、その猫と同じ高さで……ついさっきまで駿一郎に握られていた手は、赤茶色と白色の混じったトラ模様の毛に覆われていた。

「にゃおぅぅぅ」

〈おまえ、嫌がらせかよ〉

探している時は出てこなかったくせに、タイミングを見計らったかのように『今』登場する茶トラ猫が憎々しい。

いい雰囲気だったのに、邪魔しやがって……と睨みつけても、茶トラ猫は素知らぬ顔でおやつを食べ続けている。

「海翔。とりあえず、家に入るか」

ふっと息をついた駿一郎が、縁側の下に靴を脱いで廊下に足を上げた。

憤慨《ふんがい》するトラ猫の海翔を抱き上げて、ついでに落ちているパジャマを拾うと、ゆったりとした大股で廊下を歩く。

居間に戻り、腕の中に海翔を抱いたまま座布団に腰を下ろして目を合わせてきた。

「話の続きは、朝になってからだな」

そう、仕方なさそうに苦笑を浮かべた駿一郎の表情は滅多に見られないもので、改めて心臓が大きく脈打つ。

「にゃぁぁん」

〈好きって言いたかった〉

言葉は通じなくても、なんとか『好き』を伝えたい。なのに、この姿でできることなど限られている。

駿一郎の肩に前脚をかけた海翔は、喉元に頭をすり寄せる。顔を上げて、「くすぐったいぞ」と唇に笑みを浮かべた駿一郎に鼻先を近づけた。

猫にチューされても、嬉しくないだろうけど。

そう思いながら、駿一郎の唇の端に口……というより、鼻を押し当てる。

その直後、ぐるりと世界が回転したかのように視界の高さが変わった。眩暈に襲われたのかと、慌てて駿一郎の肩にしがみつく。

「うわっ？　え？　……あれ？」

駿一郎の肩に前脚をかけていたのに、そこにあるのは人間の手だ。胸元に抱かれているると思ったが、今の海翔の尻の下にあるのは駿一郎の足……で。

不可解な思いで目をしばたたかせていると、駿一郎とまともに視線が絡んだ。

見つめ合うこと、数秒。駿一郎が、ぎこちなく顔を背けながら名前を呼びかけてくる。

「……海翔。とりあえず……パジャマを着てくれ」

「あ。う、うん。うん……？」

今の自分は、全裸だ。

なんで、夜中なのに猫から戻ったんだ？　と頭の中に疑問符が駆け巡っているけれど、確かにこの状態は落ち着かない。

駿一郎が縁側から持ってきてくれていたパジャマに袖を通しながら、「なにが起きた？」と首を捻った。

パンツと纏めてズボンを引き上げたが、尻のところでなにかが引っかかる。

「んん？　……尻尾？」

半身を捻った海翔の視界に飛び込んできたのは、すっかり見慣れた赤茶色と白色のトラ模様の……尻尾だ。

恐る恐る手を尻のところに回して尻尾の付け根を探ると、恐ろしいことに海翔から生え

ている。

あまりの出来事に、海翔は声もなく頬を引き攣《つ》らせて、ふらふら揺れている尻尾を摑んだ。

「……気づいていないかもしれないが、耳もだ」

駿一郎がチラリと海翔の頭に視線を向けて、ぼそっとつぶやいた。

なにが『耳』なのか、そこがどんな状態なのか……詳しく聞かなくても、想像がつく。

「よ、妖怪じみた見かけだろ」

人間はあまりの恐慌状態に陥ると、意味もなく笑いたくなるらしい。

あはは……と引き攣った笑いを浮かべて零した海翔に、駿一郎は真顔で首を横に振った。

「いいや。……可愛い」

「はは、はー……ありがと」

駿一郎と顔を見合わせた海翔は、畳の上にペッタリと座り込んだまま両手でトラ模様の尻尾を握り締め……特大のため息をついた。


「いくぞ」

「うん」

駿一郎の一言に、心の中で「いつでも来い！」と臨戦態勢で答えて、茶トラ猫を見据える。度胸の据わった茶トラ猫は、海翔から目を逸らさない。

ズィッと差し出されたトラ猫が海翔の胸元に押しつけられ、……瞬時に視界が低くなった。

この視線の高さには、嫌というほど覚えがある。靴下越しではなく肉球の裏で感じる畳の触り心地も、今ではすっかり慣れてしまった。

「にゃっ」

一息つく間もなく、駿一郎の手に抱き上げられる。

事前に打ち合わせをしていたので、言葉もなく端整な顔が間近に迫り、ギュッと目を閉じた。

「あ……」

「戻ったな。ただ、やはり中途半端だが」

トラ模様の猫耳と長い尻尾は残されているが、帽子等でそれらさえ隠せば『普通の人間』として人前に出ていける状態だ。

茶トラ猫と接触することで、海翔もトラ猫に。駿一郎とのキスで、朝陽を浴びることなく人間に戻れる。

そんな駿一郎の推測が、当たりということか。

耳と尻尾の存在は、視界に入らなければ『ナイ』ことにできる。完全に猫の状態より、遙かにましだ。

「っつーか、おとぎ話かよ」

唇を尖らせた海翔は、のそのそとパジャマを着込みながらつぶやいた。

王子様のキスで呪いが解けたり目を覚ましたりするのは、おとぎ話の中だけではなかったのか？

どうしても気になるのか、海翔の背中でふらふらしている尻尾をチラチラ目にしながら、駿一郎が答えた。

「そもそもが『虎の加護』というものだから、今更かもしれないが……なにもかも、現代科学を無視しているな。お祖父さんは、獣から人へ戻る方法は口づけだとか、それらしきことを言っていなかったのか？」

「んー……」

初めて目の前でトラ猫に変化した時の、翌朝だったか。一度、駿一郎に言おうとしてやめたことがある。

あまりにもバカげているし、具体的な意味は未だにわからないが、可能性があるとすればそれしかない。

海翔が口籠《くちごも》ったせいで、心当たりがないわけではないと察したらしい。

「なにかあるんだな？　隠し事など今更だろう。些細《ささい》なことでもいいから、聞かせろ」

真剣な顔で、この際隠さず言えと迫られて、仕方なくうなずいた。

確かに、駿一郎に隠し事をしても意味がない。彼の知恵を、借りたほうがいいとも思う。

「なんか、すげーアホらしいっていうか……意味不明なんだけど。確か、異形でも変わらない慈愛？　とか？　愛の証？　みたいな感じの言葉。あの時のじいちゃん、朦朧《もうろう》としてたからなぁ」

我ながら、要領を得ない台詞だ。

海翔自身も「こんなんじゃわからん」と思っているのに、しばらく思案の表情を浮かべていた駿一郎は小さくうなずいた。

「だいたいわかった」

「……マジか」

今の話で？　と啞然とする海翔に、駿一郎は簡潔な言葉で纏めてくれる。

「つまり、人だろうが猫だろうがどんな状態でも変わらない愛があれば、呪いが解けるということだろう。獣姿へのキスが、証明に……というには、戻り方が中途半端だな。接触の濃度が足りないのか？」

トラ猫の余韻である、猫耳のあたりを見ながら語っていた駿一郎は、最後の一言をつぶやいてわずかに眉根を寄せた。

キスでは不足している、接触の濃度とは？

まさか……と頭に浮かびかけた恐ろしいものを打ち消したと同時に、駿一郎が海翔の両肩を摑む。

近くで見ても、やっぱり格好いい……と。そんな、のん気なことを考えていると、真顔のまま駿一郎が口を開いた。

「相思相愛の相手と、性交しろということではないか？　外見など問題ではないと口でいくら説明するよりも、愛を証明することができる」

海翔の頭は瞬時に真っ白になり、思考が停止した。

なんだか堅い言い回しをしていたが、内容はとんでもない。

唖然とする海翔に、駿一郎はほんのわずかに不安そうな表情をして「違うだろうか？」と尋ねてきた。

「違うかどうかは、わかんないけど……相思相愛って」

そういえば、茶トラ猫に邪魔をされて以来、海翔は駿一郎へと想いをきちんと告げていない。

駿一郎が「一目惚れ」だとか「可愛い」と口走っていたのも、今となっては夢の中の出来事みたいだ。

「俺は、海翔が好きだとハッキリ伝えたつもりだが。海翔は、どうだ？」

改めて大真面目に「好きだ」と告げられるのが、こんなにドキドキするなんて知らなかった。

自分の想いを伝えるのも、姿勢を正して待ち構えられていたら変に緊張する。だから、勢いで言ってしまいたかったのに……バカ茶トラ猫め、と縁側で妨害してきた際の猫を思い出し悪態をつく。

「海翔」

海翔が黙り込んでいるせいか、促す調子で名前を呼ばれた。

そろりと窺った駿一郎の表情は、いつにない緊張とかすかな不安を滲ませたもので……躊躇いを捨てた。

「す、きだ。好きだ、駿一郎さんのこと。最初はちょっとだけ怖かったけど、一緒にいる時間が長くなって駿一郎さんのことを知れば知るほど、どんどん好きになって……大好き」

恥ずかしさのあまり、消え入りそうな声で最後の一言をつけ足した。

顔が熱い。面と向かって好きだと伝えるのが、こんなに恥ずかしいなんて……。

「おれ、こんな姿でも……引かない？」

耳と尻尾だけ。中途半端に『トラ猫』なのだが、それでも同じ言葉を言ってくれるのかと改めて確認する。

　駿一郎は、海翔の頭……耳を大きな手で撫でて、迷いなくうなずいてくれた。

「もちろん。不変の愛だな。……トラの呪いが、解けるかもな」

「す……する？」

　これまでと同じく、思いついた可能性は試してみるかと、駿一郎の着ているパジャマの袖を引いて尋ねる。

　尋ねる、というより誘いかける仕草だったのでは、と気づいて心拍数が跳ね上がったけれど、撤回しようとは思わなかった。

　相思相愛を確認して盛り上がった状態で、二人きり。海翔の着ているパジャマは、乱れていて……お誂え向きのシチュエーションでは。

　ドクドク激しい動悸を感じながら、駿一郎のリアクションを待っていた海翔の視界に、こちらに伸びてくる駿一郎の手が映る。

　肩に手を置かれ、震える瞼を伏せて……待機していたのに、触れてこない？

「駿一郎さん？」

「海翔、おまえいくつだった？」

「来月で十八」

「……それまではしないから、安心しろ」

海翔と目を合わせて、真顔でそう口にした駿一郎を呆然と見つめ返した。

この状況で、海翔がまだ十八歳になっていないからしない？　しかも……安心しろだと？

「あ、安心っていうか」

「本当は、高校卒業まで待つべきなんだろうが……」

「いやっ、それだと一年近く先だし！　十八でいいんじゃないのかな。ほら、早めに虎の呪いを解きたいし」

蛇の生殺し状態で一年近く先延ばしされそうだと焦るあまり、十八歳まで待つことに全力で同意してしまった。

しかも、一人で盛り上がりかけていたことに対する照れ隠しを図って、『虎の呪い』を引き合いに出してしまう。

基本が大真面目な駿一郎は、瞬時に表情を曇らせて海翔に向き直った。

「海翔。おまえ……まさかと思うが、『虎の呪い』を解くために、好きでもない男に身体を差し出そうとしているんじゃ」

なんとなく嫌な予感がしたけれど、やはり。

海翔は激しく頭を左右に振って、そんなわけあるかと否定する。

「違ぁう！　駿一郎さん、忘れちゃダメだ。相思相愛でなければ、意味ないんだろ？」

「ああ……そうだったか」

「そうだよ。おれは、きちんと好きって言った」

最初から愛がナントカと言っていたのに、どうして海翔の『好き』を疑うのだと唇を尖らせた。


膝の上で両手を握り締めると、その拳を大きな手に包み込まれる。

「すまん。こんなに可愛い海翔が、俺みたいな朴念仁《ぼくねんじん》のことを……と、まだ信じられない気分なんだ。ばあさんやリキや、猫たちに好かれている真っ直ぐな気質も好ましい。俺みたいに、不愛想な人間にも懐いてきて……海翔は、普通の時はもちろん、トラ猫でも猫耳と尻尾があっても可愛い」

「……褒めすぎ」

ストレートに可愛いと繰り返されて、肩を竦める。

子供の頃から聞き飽きた形容詞だが、可愛いと言われるのは、ずっと好きではなかった。平均身長を下回る身長のことかと怒ったり、女じゃねーぞと顔を顰めたり……反発してばかりだった。

それなのに相手が駿一郎だと、胸の奥がくすぐったくて……ただ、気恥ずかしい。

「じゃあ、もしうっかりトラ猫になったら、猫耳と尻尾が残るのは我慢するから……十八になるまでは、キスで人間に戻してくれる？」

駿一郎を見上げると、真っ直ぐに海翔と目を合わせて大きくうなずいた。

「もちろん。いつでも頼ってくれ」

「……うん」

今はその必要がないけれど、スッと顔を寄せて唇を触れ合わせる。広い背中に抱きつくと、駿一郎が遠慮がちに抱き返してくれた。

密着した胸元からドキドキしている心臓の鼓動は伝わってくるのに、ただ優しく腕の中に抱かれるだけだ。

この生真面目なところも好きなのだが、海翔が十八歳になるまではろくに触れてくれないのでは、という不安が込み上げてきた。

「うーん……」

「悪い。苦しかったか？」

「全然。もっと、ギュッとしてほしいくらい」

海翔がますます身を寄せても、肩からずり落ちたパジャマをそっと直してくれる有様《ありさま》だ。

六月に入ってすぐの十八歳の誕生日まで、あと二週間ほどある。

戻るために駿一郎にキスをしてもらえるから、という不純な動機で毎晩のように『トラ猫海翔』に変わろうとしたら、怒られるだろうか。

《九》

誕生日をこんなにも待ち侘《わ》びるのは、十八年の人生で初めてだった。

タイミングよく誕生日が土曜日に当たったし、梅雨の晴れ間でお天気はいいし、コンビニで買ったアイスのバリボリ君はアタリが出たし、なにより駿一郎と訪れた病院で老婦人の退院日が決まったと報告を受けた。

いろんな意味で、いい日だ。

見舞いを終えた病院から駅に向かう足取りが、自然と弾むように軽《かろ》やかになる。

「……あ、気が利かないな。ケーキ、買って帰るか?」

駅前にある洋菓子店の前で立ち止まった駿一郎が、ガラス扉の向こうを指差して尋ねてくる。

ほんの少し眉を顰めているが、気が利かないという一言は、用意をしていなかった自分に対するものだろう。

「コンビニのやつで十分。今週の新製品、チョコメーカーとコラボしたケーキを食ってみたかったんだ」

「二つでも三つでも、好きなだけ買ってやる」

「そんなに食えないって」

大真面目な顔でそう言った駿一郎に笑って返して、洋菓子店の前を通り過ぎた。

外食はせず、適当に夕食を買って帰ろうと最初から決めてある。いつもより贅沢をして、近所のスーパーではなく輸入食品を多く扱う高級スーパーに寄ることにした。

イタリア直輸入の珍しいピザやレンジでチンするだけの海鮮パエリア、ラタトゥ……なんとやらという、舌を噛みそうな名前のトマト煮込みを購入したけれど……。

「ばあちゃんのご飯が、恋しい。筑前煮、風呂吹き大根、鶏ゴボウの炊き込みご飯に、意外にもめっちゃくちゃ辛《から》いマーボー豆腐。あと、味噌汁にちらし寿司。生姜醤油の下味がついた唐揚げも」

「俺も同じだ。……ばあさんが退院したら、炊事を習うべきか」

二人が一つずつ持った買い物袋がガサガサ揺れる音を聞きながら、ぽつぽつと情けない会話を交わす。

海翔も駿一郎も料理が得意ではないので、老婦人が不在の一か月あまりはスーパーで買った出来合いの総菜や野菜と混ぜるだけのレトルトソースを使ったもの、辛《かろ》うじて焼きそばやチャーハンといった簡単なものを自炊していたのだが、料理上手な老婦人のご飯を食べ慣れていたせいでなにを口にしてもイマイチだった。

「でもっ、今夜のご飯は楽しみだから。初めて見るものばっかりだし。ありがと駿一郎さん」

駿一郎が「好きなものを選べ」と海翔の意向を汲んでくれた本場のピザやパエリアは、楽しみにしている……と隣を見上げて口にする。

駿一郎は無言で買い物袋を持っていないほうの手を上げて、海翔の後頭部を軽く叩いた。表情にハッキリとした変化はないが、きっとこれは照れているのだ。

「帰ったら、一番にリキを散歩に連れていくから」

「ああ。買い物袋を台所に運んで、準備しておく。あのサイズのピザが、丸ごとオーブンに入るかどうか……半分に切ったら、いけるか」

夕焼け空の下を並んで歩きながら、役割分担を語るのは楽しかった。すっかり樋垣家の一員になった気分だ。

海翔のスマートフォンが着信音を響かせたのは、この角を曲がれば樋垣家の門が見える……というところまで来た時だった。

パンツのポケットからスマートフォンを取り出して、メールの送信者を確認する。

「あ……珍しい」

「ん？」

思わず足を止めた海翔を、数歩先を歩いていた駿一郎が振り返る。

ザッとメール文に目を通した海翔は、パンツのポケットにスマートフォンを戻して駿一郎に追いついた。

「父親だ。……おれの誕生日、憶えてたんだなってビックリした」

父親からのメールは、シンプルなものだった。

『誕生日おめでとう。出張中で直接祝うことができなくて申し訳ない。欲しいものがあればリクエストしてください』

そんな、短文の素っ気ないもので……でも、自然と唇を緩ませてしまう。

「パソコンは使いこなせるのに、スマホメールとかは苦手なんだって。無理してメールを打つから、堅苦しいっていうか……なんで息子に敬語だよ」

「息子の誕生日は、忘れないだろう。苦手でも、おめでとうを伝えたかったんだな。本当は、一緒に過ごしたかったはずだ」

「……うん」

少し前の海翔なら、出張中という一言も疑っていたかもしれない。でも、駿一郎のように思いを表現することが上手ではない人が身近にいるせいか、自分の父親もそういうタイプなのかもしれないと考えるようになった。

自分は邪魔なのではないかなどと卑屈《ひくつ》になって変に遠慮せず、もっと海翔のほうから近づけば……父親も、海翔と話してくれるかもしれない。

「でもおれは、十八の誕生日を駿一郎さんと一緒に過ごせるのが嬉しい」

駿一郎を見上げた海翔は、父親よりも駿一郎と一緒の誕生日が嬉しいのだと目で伝える。なにより今年は、特別な意味を持つ。

「親父さんに、申し訳ないな。いずれ、きちんとご挨拶《あいさつ》に伺《うかが》うべきか」

海翔の頭を撫でて真面目な顔をしてつぶやいた駿一郎は、きっと本気で父親に挨拶をしようと考えている。

「まさか、息子さんをください……とか、やんないよな？」

いくら駿一郎でも、まさかなと笑った。

海翔は完全に冗談のつもりだったのに、駿一郎は釣られて笑うでもなく真剣な表情だ。

「初対面の席では拙速《せっそく》だろう」

「……うん」

初対面でなければ、やる気かと……追及することはできなかった。真面目な顔で、当然だろうと返されそうだ。

止めていた足の動きを再開させると、うつむいてこっそり笑みを浮かべる。

動植物園では、傷が残れば責任を取って嫁にもらおうと言い放った駿一郎を「変な人」だと思ったのに、今は胸の奥がジリジリとしている。

気恥ずかしさとくすぐったさが入り交じった、駿一郎にしか感じない複雑な思いを嚙み締めて、緩みそうな頰をなんとか引き締めた。

好きってすごい。どんなものでもいいように変換してしまうのだな、と調子がいい自分に少し呆れながら『樋垣』の表札が出ている木製の大きな門を潜った。

□□□

「これでＯＫ」

絶対に、猫……特に茶トラ猫に乱入されることがないように、窓を閉めて鍵をかける。

玄関の施錠も、縁側の扉の施錠も確認したし……廊下との境の襖はピッタリ閉じてある。

だから、たぶんこれで大丈夫。

「駿一郎さん、準備万端」

窓が開かないよう、最後にもう一度確かめてベッドに腰かけている駿一郎に報告すると、彼は微苦笑を滲ませて海翔を見ていた。

気合いを入れすぎて、色っぽい空気よりも戦いに挑むような緊張感が漂っている。

「海翔」

「……ん」

手を差し伸べられて、ふらりと近づいた。駿一郎の右手に重ねた左手を、ギュッと握られる。

「そんなに心配か」

神経質だとからかうでもなく、尋ねられる。海翔は、ベッドの端に腰を下ろしている駿一郎を見下ろして小さくうなずいた。

「だって、絶対に邪魔されたくない」

「トラ猫になっても、キスで戻してやるのに」

握っている手を軽く引かれて、もう一歩距離を詰める。左手で軽く手招きをされて、背中を屈めた。

髪をくしゃくしゃと撫でられ、言葉通りに軽く唇を触れ合わせてくる。

「……耳と尻尾が残るだろ。ギャグだよ」

駿一郎のキスで完全なトラ猫ではなくなるが、トラ模様の耳と尻尾は消えないのだ。その状態で、色っぽい空気を持続させることができる自信はない。

海翔は嫌な顔をしているはずだが、駿一郎は真顔でジッと海翔の頭上を見つめて、「問題ない」と口を開いた。

「どんな姿でも、おまえは可愛いと思うが」

「それは……どうも」

大真面目な駿一郎の口から出ると、大嫌いだった可愛いという形容詞が「好きだ」と言われているみたいに感じるから不思議だ。

駿一郎の肩に手を置いて、ギュッと抱きつく。

甘える仕草が恥ずかしいなと思いながら身体を預けると、駿一郎の腕に抱かれたままベッドに転がった。

そっと前髪を掻き上げられ、額の端に唇を押しつけられる。あの動植物園で初めて逢った時に、樹の上から降ってきた猫に引っ掻かれた場所だな、と思い浮かんだと同時に駿一郎が口を開いた。

「傷が残らなくてよかった」

「……ちょっと惜しいかな。残っていたら、嫁にしてもらえたのに」

クッと笑ってしまったのは、当時「変な人」などと思っていた自分への自嘲だ。トラ柄の絆創膏を貼られて、智希たちに笑われたことも……今となっては、どうでもいい。

「バカなことを言うな。俺が原因で海翔に傷が残るなど、考えるだけで自責の念で死にたくなる」

「そ、そんなに？　おれは、平気だって。男だし」

本気で苦しそうに言われて、軽く口にしたことが申し訳ない気分になる。男なのだから、小さな傷痕の一つや二つ、どうということはないのだが……。

「俺が嫌なんだ。海翔を大事にしたい」

もう一度額に口づけられ、カーッと顔が熱くなった。

可愛いとか大事にしたいとか、自分に向けられる台詞だと思えない。しかも、男として極上の部類に入るだろうこの人から……。

「できるだけ丁寧にする。苦痛だったら、我慢せずに言ってくれ」

我慢せずに海翔が訴えたら、そこで手を引いてしまうのだろうか。

ふと疑問が頭に浮かんだけれど、当の駿一郎に尋ねるまでもなく「そうだろうな」という答えが出た。

駿一郎なら、海翔のために自身の欲求を抑えるくらいしてしまいそうだ。

「……うん」

だから、海翔は嘘をつく。

うんと素直にうなずいて見せたが、もし苦痛を感じても駿一郎に悟られることがないように、上手く隠そう。

けれど、なにより……。

「信じてる。駿一郎さんは、おれが苦痛に思うようなことをしない」

「とてつもないプレッシャーだな」

海翔を見下ろしてぽつりとつぶやいた駿一郎は、珍しく困ったような……迷うような、なんとも複雑な表情を浮かべていた。

海翔はプレッシャーをかけるつもりではなかったが、またしても大真面目に受け取っているらしい。

この真っ直ぐなところも、最初は苦手だと思っていたのに……今はただ愛しい。

「おれ、よくわかんないし……全部、駿一郎さんに任せる。だから、遠慮とかせずにしてほしい」

「潔《いさぎよ》いというか、男らしいな」

「惚れる?」

「……とっくに」

真顔で答えた駿一郎と視線を絡ませて、ふっと微笑を滲ませた。

両手を伸ばして駿一郎の首に巻きつかせると、そろりと引き寄せて口づけを誘う。

「信じてるよ。おれが、トラ猫でも……猫耳と尻尾の残った妖怪みたいな状態でも、駿一郎さんは絶対に見捨てたりしないし、可愛がってくれる」

鼻先が触れる位置で、口にする。

疑問形ではなく言い切った海翔に、目を細めた駿一郎は満足そうにうなずいて唇を重ねてきた。

「当然だ」

「ン……」

やんわりと触れて、軽く舌先で舐められる。海翔の反応を窺ってか、少し離れていって……もう一度重ねてくる。

猫から戻るための口づけとは、全然違う。優しい。気持ちいい。

「ッ……ぁ」

海翔が着ているパジャマの裾から、大きな手が潜《もぐ》り込んできた。素肌で感じる駿一郎の指は、少しザラザラしていてくすぐったい。

樹に登って大きな剪定ばさみを操ったり、木の枝を掴んだりするせいだろう。

「強くないか？」

「ううん。猫とは、感じ方が全然違う。ちょっとくすぐったくて、でも駿一郎さんの体温がハッキリ伝わってきて……気持ちいい」

猫の状態で撫でられるのも、無意識に喉がゴロゴロ鳴ってしまうくらい心地よかった。でも、こんなに心臓がドキドキしない。

「駿一郎さんの手、好きだ」

「……そうか」

心配そうだった駿一郎は、海翔の言葉にかすかに照れたような表情で短くつぶやき、止めていた手の動きを続ける。

苦痛でも嘘をつこうと思っていたけれど、そんな必要はなさそうだ。本当に、駿一郎に触れられたところは全部気持ちいい。

「ぁ、ッ……ん」

指の腹が、皮膚の薄い胸の突起をかすめた瞬間、ビクッと身体を震わせてしまった。

駿一郎はピタリと動きを止めて、海翔の顔を覗き込んでくる。

「痛いか?」

「違うっ、から。もっと、触って。訊かなくても、大丈夫」

気にしすぎだと駿一郎の肩を軽く叩いて、続きを促す。

気遣ってくれているのはわかるが、海翔が少し違った反応をするたびに、手を止めて大丈夫かと尋ねられ……もどかしくてたまらなくなる。

「嫌なら、きちんと言うから。何回も、訊かなくていい」

「だが」

「好きにしてくれたほうがいいんだ。遠慮とかされるの、嫌だ」

「……わかった」

目を合わせて懸命に訴えた海翔に、駿一郎はようやく過剰な気遣いをやめることを決めてくれたようだ。

海翔を見下ろす目が、少し鋭《するど》さを増す。これまで海翔に見せてくれなかった、駿一郎自身の欲がチラチラと見え隠れして、ホッとした。

「そっちのほうがいい」

駿一郎の頭を引き寄せた海翔は、唇を重ねてギュッと背中に抱きつく。

密着した胸元からは、自分と同じくらい猛スピードで脈打っている駿一郎の心臓の鼓動が伝わってきた。

駿一郎の重みとぬくもりを感じながら、心の中で「これでいい」とつぶやいた。

頭の芯が、ぼんやりと痺れているみたいで思考力が鈍い。目を開けても視界が霞み、天井が滲んで見える。

聴覚も鈍いのに、潤滑剤をたっぷり塗りつけられたことで、駿一郎の指が動かされるたびに聞こえてくる濡れた音だけは、やけにハッキリ耳に届く。

「んっ……ぁ、っん」

長い時間をかけて、挿入した指を抜き差しされている。駿一郎の指の存在感には慣れたつもりなのに、時おり指の腹がそれまでとは違う部分の粘膜の壁を擦り……ビクッと身体を震わせてしまう。

好きにしてくれたほうがいいと言ったのは海翔だから、なにも言えない。けれど、吐息が熱くて喉が痛い。

「し、駿一郎さ……、いい。一時間以上、してる……し」

海翔に苦痛を与えないように、という言葉通りに根気強く慣らされているのだとわかる。それが、駿一郎の気遣いだということも。

ただ、そろそろいいのでは……と焦《じ》れた気分で訴《うった》えた。

「一時間は経っていない。……四十分くらいか」

真面目に言い返されて、適当に言い放った時間に近いだけの数字を突きつけられ、くらりと眩暈に襲われた。

「四十……っ、やっぱり、もういいって。大丈夫、だから」

伏せた腹の下に枕を敷き込まれて、足を割り開かれ……とんでもない体勢を恥ずかしいと感じていた当初の感覚は、とっくに鈍《にぶ》くなっている。

それよりも、背後にいる駿一郎の顔が見えないのが不安でたまらない。

「駿一郎さん、は……したくない？」

黙々と海翔の身体を指で馴染ませている駿一郎は、平気なのだろうか。焦れているのは自分だけなのかと、首を捻って駿一郎に問いかけた。

「俺のことより、海翔の」

「おれはっ、駿一郎さんのことばかり考えてる。この格好も、おればっかり触られるのも、もう嫌だ。おれが嫌なこと、しないって言ったのに」

海翔を気遣う駿一郎がもどかしくて、はじめの約束を持ち出す。駿一郎の想定とは逆の使い方だろうけれど、海翔が現状を嫌だと感じているのは確かだ。

さすがにその言葉には反論できなかったのか、駿一郎が深く埋めていた二本の指を引き抜いた。

枕を外して身体を反転させられ、駿一郎を見上げる体勢に深く息をついた。

「こっちのが、いい。駿一郎さんも……それ」

これまで視界に入っていなかったけれど、上だけ脱いでいる駿一郎の下半身はパジャマ越しにでもわかるくらい熱を帯びていた。思わず手を伸ばして指先が触れた途端、強く摑んで止められる。

「悪い。今は、マズイ」

「その気じゃない、ってわけじゃないなら……なんで」

「海翔に、一ミリも苦痛を感じさせたくないんだ」

「……もう平気だって。駿一郎さんが、したくないんじゃなければだけど」

こんな言い方をすれば、駿一郎が否定するとわかっていて選んだ言葉だ。

チラリと見上げ、唇を尖らせて拗《す》ねたふうに装って見せると、駿一郎は海翔の思惑通りに「まさか」と首を横に振った。

「じゃあ、なにも問題ない」

両手を伸ばして、駿一郎の肩に乗せる。

ようやく触れることのできた駿一郎の肌は、熱くて……海翔だけが、熱を溜め込んでいるのではないとホッとした。

「途中でも、きつかったら言ってくれ」

「……また心配してる」

この期に及んで海翔に気を遣うのかと、苦笑して駿一郎の背中に手を回した。手のひらに、筋肉の動きが伝わってくる。

開かされた膝のあいだに駿一郎の身体を挟み込むと、腿の内側に熱の塊を感じた。

「ゆっくり、する」

「ん……、ぁ……ッ」

指で慣らされた粘膜に、指より遥かに存在感のある熱塊が押し当てられる。じわりと先端を含まされて、深く息をついた。

苦しそうにしたら、ダメだ。駿一郎が身体を引いてしまう。息を、止めないようにして……つい力みそうになる腹筋を緩める。

「あ、入っ……て」

身体の内側を侵食する熱の存在感が増して、ビクッと喉を反らした。

勝手に、あちこちが震えるだけだ。嫌がっているのではない。受け入れたいのだと、広い背中にしがみついて全身で伝える。

「海翔。大丈夫か」

「う、ん。全部……？」

「ああ……もう少し」

自然に滲む涙を親指の腹で拭われて、意図して数回まばたきをする。

いつも冷静沈着で表情の乏しい駿一郎が、熱っぽく潤む目で海翔を見下ろす姿は……たまらなかった。

「あっ、ぁ……ン」

「ッ、海翔……力を抜いてろ」

「でも、勝手にビクビク……して。ぁ、あ……なんか、ぞわぞわす……る」

咎《とが》められたけれど、意識せずに粘膜が駿一郎の屹立《きつりつ》を締めつけてしまう。もっと、もっと……と奥に誘い込むみたいで、海翔自身も戸惑う。

身体の奥深くから、これまでとは違う熱がどんどん湧き上がってきて……駿一郎の背中に縋《すが》りついた。

ダメだ。抑え込めない。背中がゾクゾクと震えて、全身に鳥肌が立つのを感じた。

「ゃ、なんか、ァ……あっ、にぁ……っっ！」

「ッ、海……翔」

変な声が出てしまった、と自嘲する余裕もなく息を詰めて小刻みに身体を震わせる。

頭の中は真っ白で、強く抱き締められる感覚だけがリアルだった。

「は……っ、はぁ……ッ、ン」

ベッドに投げ出した指の先が、痺れている。気持ちいいとかよくないとか、どう表現するものなのかわからない強烈な感覚から戻ることができなくて、喉が焼けるような熱い息を忙しなく繰り返す。

「ぁ、ん」

駿一郎が身体を離すのがわかって、閉じていた瞼を開けた。

「駿一……郎さ」

駿一郎の様子を窺う余裕は、まったくなかった。

もしかして、自分だけが熱を散らして終わった気になっているのでは……という不安が込み上げて、掠れた声で名前を呼びかける。

「いいから、横になってろ。目を閉じていればいい。……寝てもいいぞ」

「で、も……おれだけ……が」

「なにが、おまえだけ？　可愛かった、海翔」

瞼を閉じるように促す目的か、目元にキスを落とされて睫毛《まつげ》を震わせた。

目を閉じてしまうと、暗闇に引きずり込まれるような眠気が襲ってくる。

もっと、駿一郎に言いたいこと……話したいことがあるような気がするのに、瞼が重くて目を開けられない。

「おやすみ、海翔」

髪を撫でながら名前を呼ぶ低い声が、心地よくて……睡魔に抗《あらが》う努力を放棄して、全身の力を抜いた。

□　□　□

縁側には、緊張した面持ちの海翔が座っている。足元では、「なにしてんの？」とでも言いたそうな顔で、リキがこちらを見ていた。

「いくぞ」

「う、うん」

駿一郎が捕獲して腕に抱えている茶トラ猫を、ジッと見据える。

背中を屈めた駿一郎が、抱いていた猫をそっと海翔の膝に置いて……ぬくもりと重みを、膝に感じた。

「か、変わらない。猫にならない！　やったー！」

自分の両手をジッと見つめて、これまでと変わらない人の手であることを確かめると……万歳をして感動を表した。

海翔の声と動きに驚いたのか、膝に乗っていた茶トラ猫は「にゃっ」と抗議の捨て台詞らしきものを残して海翔の膝から飛び降りると、庭木の陰に隠れた。

「成功のようだな」

「うぅう、よかった。ありがと、駿一郎さん」

両手で駿一郎の手を握り、ぶんぶんと上下に振る。

これで、茶トラ猫にビクビクする日々はおしまいだ。街の中で猫に変身するのでは……という恐怖からも、解放される。

「トラ猫の海翔も可愛かったがな。お前は妖怪だとか言っていたが、耳と尻尾も悪くはなかった」

ジッと海翔を見下ろしてそんなことを口にする駿一郎を、ジロリと見上げた。

いつも通りの真顔なので、発言に他意はないはずだが……。

「……駿一郎さん。おれが、厄介《やっかい》なトラ猫の呪いから解放されたこと、一緒に喜んでくれているよね？」

まさか、『トラ猫海翔』に未練があるのでは、という疑惑が湧いて眉を顰める。

駿一郎は、「ああ」と頭を曖昧に振った。

「可愛かったと言っただけだ。不変の愛の証明ができたようで、なによりだな」

「………………」

どんな姿だろうと、変わらない愛……とか。なにかの冗談のようだが、現状を鑑《かんが》みれば間違いではなかったのだろう。

真実を知るはずの祖父と、答え合わせができないのは残念だ。

「明日にはばあさんも退院だし、いろいろ一段落……だな」

「うん。……あの、駿一郎さん。もう、トラ猫に変わらない方法を試す実験とかの必要はなくなったけど、これまでと同じように時々泊まりに来てもいい？」

老婦人が退院して、海翔は『虎の呪い』から解放され……その必要はないだろう、と拒まれたらどうしようかと、ドキドキしながら駿一郎の答えを待つ。

海翔と視線を絡ませた駿一郎は、少しだけ不思議そうにまばたきをして、海翔の髪を撫で回した。

「当然だろう。恋人に遠慮する必要はない」

照れや躊躇いを一切感じさせずに「恋人」という一言を口にした駿一郎に、海翔のほうがドギマギする。

でも、そうか。ホッとした。恋人……という認識で、いいのか。

「ばあさんには、体調が万全になってから言うとして……海翔の父親には、高校卒業後でいいか」

「ばあちゃんには、言わないほうがいいんじゃないかなっ。変にショックを与えないほうがいいと思う」

真顔で恐ろしい計画を聞かされて、前半はやめておいたほうがいいと説得を試みる。

医者からも、心臓に負担をかけるなと言われているはずだ。

海翔の言葉に、駿一郎は怪訝そうな顔で「平気だろう」と返してきた。

「おれに、海翔を嫁にすればいいんじゃないかって勧めたのは、ばあさんだぞ。なんだったか……パートナーシップ協定のテレビニュースを見ていて、同性でもいいなら海翔に嫁に来てもらえ、って。あんたを理解してくれるのは、海翔くらいだろう……とか。ばあさん、海翔のことを実の孫である俺以上に気に入ってるからな」

「…………」

絶句した海翔は、実は一番考えが古くて頭が堅いのは高校生の自分なのでは……と視線を泳がせた。

「なにも問題はないだろう？」

真剣な顔でそう言われてしまうと、もううなずく以外にない。

ふっと唇に微笑を滲ませた駿一郎が、背中を屈めて唇を触れ合わせてくる。

キスは嬉しいけど、視界がふさがれたのは残念だ。

珍しい表情を、もっと見たかったな……と贅沢な不満を心の中で零して、駿一郎の背中に手を回した。

《後日談》

「ばあちゃん、お願いがあるんだ」

「はいはい、なんだね」

夕食を食べ終えて食器を片付けると、食後のお茶を居間のテーブルに置く。

畳に正座して、改まって「お願い」を口にした海翔を、老婦人がにこにこ笑いながら見上げてきた。

「来月から、専門学校に入るんだけど……おれ、ここに住まわせてもらっていいかな？あ、もちろん家賃は入れるから」

「あら、それはもちろん……家賃なんかいらないわ。お家のほうは、いいの？」

「うん。父親、再婚するし……おれがいたらお邪魔だから、ここに住まわせてもらえるなら、いろんな意味でありがたいんだ」

あれは、十八の誕生日直後だ。久し振りに自宅マンションで顔を合わせた父親に、「つき合ってる人、いるんだろ。おれに遠慮せず、くっついちゃえば？」と軽い調子で言ってみた。

すると、父親から返ってきたのは「おまえが高校を卒業したら考える」という意外な一言で、どうやら海翔が高校を卒業するのを待っているらしいと気づいた。

ほとんど会話もなく、放任されていて……互いに好き勝手しているとばかり思っていたのだが、『誕生日おめでとうメール』にしても、父親は父親なりに海翔のことを気にしてくれていたようだ。

それをきっかけに、初めて父親ときちんと話し合った。

長くつき合っている人にも、海翔が高校を卒業するまで籍を入れる気はないと伝えていること。

海翔が嫌がれば事実婚のままでもいいだろうと、互いの見解を一致させていること。

知らなかった、知ろうとしなかったことを聞かされて、海翔が言い返したのは……「その前に、彼女を紹介しろよ」の一言だった。

互いに距離を測りかねて、遠慮して、見えない壁を築き上げていたことに気がつけば、少しずつ崩すのは難しいことではなかった。

父親には、大学進学はしないけど専門学校に通いたいと告げ、学費の援助を約束してもらった。

卒業を機にマンションを出ていくことも、移り住む当てがあることも話してある。

駿一郎には話してあることを、もう少し簡潔に老婦人に語ると、「歓迎するわ」と笑ってくれた。

黙ってお茶を飲んでいた駿一郎に目を向けると、視線が絡んだ海翔にかすかな笑みを浮かべる。

「ばあちゃん、おれ、料理の専門学校に通うんだ。たまに、おれがご飯を作っていい？煮物の作り方とか、教えてくれる？」

養育してくれた実の祖母に、樋垣の老婦人に……海翔は、美味しいご飯を食べさせてもらってばかりだった。

昨年の春に老婦人が倒れて入院すると、いつも誰かにしてもらうばかりで、自分ではなにもできないことに愕然《がくぜん》として……それではダメだと気がついたのだ。

自分は、なにがしたいのか。自分に、なにができるのか。

漠然《ばくぜん》としていた高校卒業後の進路を、初めて真剣に考えて導き出した結論が、調理師専門学校に行くということだった。

目的もなく社会へ出るまでの時間稼ぎのように大学進学をするより、海翔にとってはずっと有意義な進路だ。

「あら、それは素敵ね。ふふふ、お嫁さんが来たみたい」

「………」

楽しそうに笑う老婦人に、海翔はなにも言えなくて……少しばかり引き攣った笑みを浮かべる。

助けろと駿一郎に視線を移すと、

「嫁でいいんじゃないか」

などとシレッとした顔でとんでもない一言をつぶやいて、海翔は「わぁっ」と立ち上がった。

「えっと、とりあえず……来月から、よろしくお願いしますっ。猫がご飯を食べているかどうか、庭を覗いてくる」

そんな言い訳をして、居間から逃げ出した。

駿一郎の発言を、老婦人がどう捉えたのか……怖くて確かめる勇気はない。

「なんの前触れもなく、あんなこと言うなよ。バカ」

縁側に座り込んだ海翔は、庭を見下ろしてぶつぶつと零した。海翔の声が聞こえたのか、リキが走ってきて裸足の爪先をぺろりと舐める。

「くすぐったいぞ。今夜は二匹……黒猫と、三毛か」

存在に慣れている上にリキが攻撃してこないことを知っているので、猫たちは犬の存在を完全に無視して庭石の上でくつろいでいる。

月明かりの下、夜行性の猫たちがのびのびと遊ぶ姿は平和だ。

「海翔。……猫は二匹か」

背後から駿一郎の声が落ちてきて、ポンと頭に手を置かれる。

当然のように右隣に座り込んだ駿一郎を、ジロッと横目で睨んだ。

「駿一郎さん、ばあちゃんにフォローしてくれた？　聞き流してくれてたらいいけど」

「……気にしていないみたいだったぞ。まぁ……薄々感づかれている気がしなくもないが」

それは……海翔も同じ考えなので、なにも言えない。

ただ、駿一郎と海翔の関係にうっすらと気づいていながら、「歓迎する」と笑ってくれたのなら、ありがたいとしか言いようがない。

「あいつ、全然姿を見せなくなったなぁ」

「あいつ？」

二匹の猫を眺めながら口にした海翔に、駿一郎が不思議そうに聞き返してきた。

うん、とうなずいてポツリとつぶやく。

「茶トラ猫」

「ああ……そうだな。もう一年近くになるか」

今から思えば、夢のようだが……海翔の身に異変が起きたのは、期間にすれば去年の四月から六月の頭にかけての二か月弱のあいだだった。

同じ猫かどうかはわからないけれど、すべてのきっかけとなり、常に近くをうろうろしていた『茶トラ猫』は、海翔が平穏な日常を取り戻すと同時にぱったりと姿を見せなくなったのだ。

疫病神呼ばわりをしたこともあるくせに勝手なもので、姿を見なくなれば淋しさを感じてしまう。

「嘘みたいな体験だったなぁ。あの時は、『虎の加護』っていうより『虎の呪い』だろって思ってたし、茶トラ猫も逆恨みしてたけど……呪いっていうより、今となっては幸せを呼ぶ招き猫みたいだったな」

茶トラ猫が発端となった諸々がなければ、駿一郎とも今のような関係になっていなかった可能性が高い。

海翔の人生を、大きく方向転換させた……と言うと大げさかもしれないけれど、駿一郎のことも、父親のことも、関係を変化させるきっかけになったのは間違いない。

「そうだな。俺にとっても、招き猫だな」

海翔の言葉に静かに同意した駿一郎に、そっと肩を抱き寄せられる。

どこかで、元気にしていればいい。

もう、誰かの頭上に落ちてなければいいのだが……。

あとがき

こんにちは、または初めましてして。真崎ひかると申します。この度は、『にゃん虎パニック~恋スル呪イ~』をお手に取ってくださり、ありがとうございました！

しばらくイロモノ続きのシャレード文庫さんですが、今回は『トラ猫』です。担当Sさんの「いっそ猫になっておきますか」の一言で、主人公の海翔は猫になることが決まりました……。色々ツッコミどころもあるかと思いますが、深く考えずに生ぬるく笑んでいただけましたら幸いです。

イラストの北沢きょう先生、すごく可愛い海翔と男前な駿一郎をありがとうございました！　トラ猫も『トラ猫海翔』も、めちゃくちゃキュートです。ある意味最強の変人だった駿一郎も、変人ぶりが見事に隠れる格好良さで本当に感謝感激です。

担当S様には、今回も耳にタコであろう『お世話になりました。お手を煩わせまして申し訳ございません』というお詫びを繰り返せてください。

世の中が大変な時に、こんな世間に何の役にも立たないにゃんにゃん言っているモノを書いていていいのか……と俯き、沈もう沈もうとする私の後ろ襟をぐいっと摑んで「だからこそ楽しいことが必要なんです」と引っ張り上げてくださり、本当にありがとうございました。書く内容はアレなのに、根暗な人間でいつもお手数をおかけしています。今後も、立ち止まろうとしたら背中を蹴ってやってください。愛の（？）蹴り、信用しています。

ここまで読んでくださり、ありがとうございました。トラにゃんこのおバカな話ですが、なにかと疲弊することの多い日々の中で一か所でも「ふっ」と頰を緩めていただけましたら、なによりも幸せです。

では、失礼致します。またどこかで、お逢いできますように。

二〇二〇年　猛暑ではないことを祈ります

真崎ひかる

本作品は書き下ろしです

真崎ひかる先生、北沢きょう先生へのお便り、
本作品に関するご意見、ご感想などは
〒101-8405
東京都千代田区神田三崎町2-18-11
二見書房　シャレード文庫
「にゃん虎パニック〜恋スル呪イ〜」係まで。

CHARADE BUNKO

にゃん虎《こ》パニック〜恋《こい》スル呪《のろ》イ〜

【著者】真崎《まさき》ひかる

【発行所】株式会社二見書房
東京都千代田区神田三崎町2-18-11
電話　03(3515)2311[営業]
　　　03(3515)2314[編集]
振替　00170-4-2639
【印刷】株式会社 堀内印刷所
【製本】株式会社 村上製本所

落丁・乱丁本はお取り替えいたします。
定価は、カバーに表示してあります。

ISBN978-4-576-20089-7

https://charade.futami.co.jp/

CHARADE BUNKO

今すぐ読みたいラブがある!

真崎ひかるの本

『雪兎』が融けてしまうまで、夜に訪ねておいで

桃色蜜月

～雪兎とヒミツの恋人～

イラスト＝明神 翼

子供の頃から三つ年上の兄・史顕が大好きな理生。しかし史顕が実の兄でないと知って以来、妙に意識して意地を張ってしまうように。そんなある晩、かつての想い人とそっくりな史顕に恋をしたという雪兎が理生の前に現れる。雪兎の一途な想いに理生は、雪兎がとけるまで、夜だけ自分の体を貸してやるのだが…。